KUNSTMANN

Alberto Méndez

DIE BLINDEN SONNENBLUMEN

Roman

Aus dem Spanischen
von Angelica Ammar

Verlag Antje Kunstmann

Für Lucas Portilla (in memoriam)
Für Chema und Juan Portilla, die wissen,
was Abwesenheit bedeutet

ERSTE NIEDERLAGE: 1939
oder
Wenn das Herz aufhören würde zu schlagen

ETWAS ÜBERWINDEN BEDEUTET, es akzeptieren, nicht einfach einen Strich ziehen oder es als vergessen betrachten. Nach einer Tragödie ist die Trauerarbeit unerläßlich, unabhängig davon, ob es zu einer Versöhnung und Vergebung kommt oder nicht. In Spanien fand solch eine Trauer, die unter anderem die öffentliche Anerkennung tragischer und vor allem irreparabler Ereignisse bedeutet, nicht statt. Ganz im Gegenteil, immer wieder feiert man in der wiederhergestellten relativen Normalität die Verwischung zwischen dem, was bereits Geschichte wurde und doch noch nicht ist, wohl niemals sein wird, zwischen Leben und abwesendem Leben. Trauer ist nicht einmal eine Frage der Erinnerung: Sie entspricht nicht dem Augenblick, in dem man sich an einen Toten erinnert, eine Erinnerung, die schmerzlich oder tröstlich sein kann, sondern dem Augenblick, in dem seine endgültige Abwesenheit offenkundig gemacht wird. Sie bedeutet, eine Leere in unser Leben zu integrieren.

CARLOS PIERA, Vorwort zu Tomás Segovia, *En los ojos del día, Antología Poética*

Wir wissen jetzt, daß Hauptmann Alegría seinen eigenen Tod blindlings wählte, ohne in das zornige Gesicht der Zukunft zu blicken, die ein gegen den Strich gelebtes Leben erwartet. Er wählte ein Erlöschen ohne Leidenschaft und ohne Aufhebens, ohne die Stimme über den Augenblick hinaus zu erheben, in dem er das Schlachtfeld überquerte, die Hände gerade so weit erhoben, daß es nicht flehend wirkte, und einem verdutzten Feind ein ums andere Mal zuschrie: »Ich bin ein Kapitulierender!«

In einer milden Luft, transparent wie ein Duft, lag das nächtliche Madrid, umfangen von einer melancholischen Stille, einzig durchbrochen von dem gedämpften Einschlagen der Granaten, die mit liturgischer, nicht kriegerischer Kadenz auf die Stadt fielen. »Ich bin ein Kapitulierender.« Zwei oder drei Nächte hatte Hauptmann Alegría offenbar damit zugebracht, diesen Augenblick zu benennen. Möglicherweise wehrte er sich dagegen, *»ich ergebe mich«* zu sagen, da dieser Satz etwas zu einem Moment Erstarrtes bezeichnen würde, wenn er doch tatsächlich nach und nach kapituliert hatte. Erst kapitulierte er, dann übergab er sich dem Feind. Als er Gelegenheit hatte, darüber zu sprechen, definierte er seine Tat als einen umgekehrten Sieg. *»Zwar werden alle Kriege mit Toten bezahlt, aber wir führen schon lange eine reine Abnutzungsschlacht. Wir werden uns entscheiden müssen, ob wir einen Krieg gewinnen oder einen Friedhof erobern wollen«*, schloß er einen Brief, den er im Januar 1938 an seine Verlobte Inés schrieb. Inzwischen wissen wir, daß er unbewußt von vornherein beide Alternativen abgelehnt hatte.

Anhand dessen, was wir heute über Carlos Alegría wissen, können wir davon ausgehen, daß er während der Strecke zwischen den beiden Schützengräben einzig seine dröhnende Panik hörte. Alle Geräusche, alle Explosionen, alle Schreie hatte die nächtliche Stille verschluckt. Madrid lag im Hintergrund wie eine Kulisse, ließ hie und da die Silhouette einer erloschenen Stadt erahnen, die der Mond gegen ihren Willen nachzeichnete. Madrid duckte sich.

So begann Hauptmann Alegrías Niederlage. Drei lange Jahre hatte er diesen Feind in Lumpen und Zivil beobachtet, sich damit abgefunden, daß eine andere Armee, die seine, diese reglose, stille Stadt vernichten würde, mit ihren so willkürlich gezogenen Grenzen jenseits von Schützengräben, aus denen seit langem niemand mehr einen Angriff erwartete.

»*Gewalt und Schmerz, Wut und Schwäche verschmelzen mit der Zeit zu einer Religion des Überlebens, zu einem Ritual des Wartens, in dem der, der tötet, und der, der stirbt, das Opfer und sein Henker, dieselben Psalmen ertönen lassen; es gibt nur noch die Sprache des Schwertes oder die Sprache der Wunden*«, schrieb Alegría an seinen Professor für Naturrecht in Salamanca, zwei Monate, bevor er sich dem Feind ergab.

Drei Jahre Intendanzdienst, mit der manischen Genauigkeit des Vermessungsingenieurs, mit der Unnachgiebigkeit des Einzelkindes, damit niemand eine Patrone ohne entsprechende Anweisung erhielt und niemandem die Verpflegung zum Weiterkämpfen fehlte. Drei Jahre, in denen er die Niederlage durch die grün getönten Ferngläser studiert hatte, die seine Intendanzabteilung regelmäßig an die Kriegsstrategen, die Kampfbeobachter, die Todesschaulustigen austeilte. Das Grauen, das er nicht sah, wurde ihm zugetragen.

Von seiner Wehrmauer aus beobachtete er den Feind, sah ihn kommen und gehen, vom Büro an die Front, von der Front in die Werkstatt, von der Armee zur Familie, von der Routine in den Tod. Anfangs dachte er, es handele sich um eine Armee ohne die Seele einer Armee, die allein deshalb besiegt werden müsse. Mit der Zeit kam er zu dem Schluß – so geht es aus seinen Briefen hervor –, daß es sich um eine Zivilarmee handelte, »*was einem unterirdischen Vogel oder einem engelhaften Ungeheuer gleichkommt*«. Er sah sie Krieg führen wie man einem Nachbarn bei der Pflege eines kranken Verwandten beisteht, und die Vorstellung, daß all diese Männer der Niederlage geweiht waren, ließ diese Milizen zu wandelnden Gefallenenlisten werden. Es zieht immer den kürzeren, wer die meisten Toten begräbt.

Der Gefahr ins Auge blickte Hauptmann Alegría zum ersten Mal an eben jenem Tag, mit dem diese Geschichte beginnt. Sein Entschluß bestand nicht darin, sich dem Feind anzuschließen, sondern sich zu ergeben, sich als Gefangener auszuliefern. Ein Deserteur ist ein

Feind, der aufgehört hat, einer zu sein; ein Kapitulierender ist ein besiegter Feind, aber immer noch ein Feind. Darauf beharrte Alegría mehrmals, als er des Verrats angeklagt wurde. Doch das geschah später.

Im Zuge einer unangebrachten Vertraulichkeit, auf die sich der Militärstaatsanwalt Tage später berufen sollte, um seinen unehrenhaften Tod zu fordern, bemerkte Alegría einem mustergültigen Unteroffizier gegenüber, die Verteidiger der Republik hätten Francos Armee eine tiefere Demütigung beigefügt, wenn sie sich am ersten Kriegstag ergeben hätten, anstatt so zähen Widerstand zu leisten, denn jeder Tote dieses Krieges, egal auf welcher Seite, habe nur dazu gedient, den Tötenden Ruhm zu bescheren. Ohne Tote, sagte er, gäbe es keinen Ruhm, und ohne Ruhm nur Besiegte.

Er hatte sich zwar im Juli 1936 dem aufständischen Militär angeschlossen, sah sich aber anfangs der Unentschlossenheit seiner Kommandoführung ausgesetzt, die in diesem provisorischen Leutnant keine kriegerischen Qualitäten entdecken konnte und ihn schließlich der Intendanzabteilung zuwies, wo seine Rechtschaffenheit und seine Ausbildung nützlicher sein sollten als auf dem Schlachtfeld. Dennoch wissen wir aus Bemerkungen seinen Kampfgefährten gegenüber, daß eine schleichende Ermüdung und das Defilee der Toten ihn seinen eigenen Worten zufolge in einen beflissenen Routinier verwandelten. Auch so wurde er zur Belohnung seines Eifers Ende 1938 zum Hauptmann befördert.

Ich bin ein Kapitulierender.

Aller Wahrscheinlichkeit nach hat der mit einem Gewehr bewaffnete Schriftsetzer, der den Pfosten des Stacheldrahtes versetzte, um sich eines Hauptmanns des aufständischen Militärs anzunehmen, niemals erfahren, daß damit eine andere Ordnungslosigkeit begann, die nur am Rande etwas mit diesem Krieg zu tun hatte.

Niemand schoß. Als er an den Rand eines republikanischen Schützengrabens gelangte, richteten mehrere Männer in Zivilkleidung erschrocken und drohend ihre Waffen auf ihn. Auf einen Befehl hin sprang er in den Schützengraben, und jemand entledigte ihn im Dunkeln der Pistole, die er am Gürtel trug. Er leistete keinen Widerstand. Die Waffe war sauber, glänzend und gesichert; sie hatte keinen einzigen Schuß abgegeben. Sie abzulegen, wäre für Hauptmann Alegría ein Verstoß gegen die Dienstvorschriften gewesen. Er ergab sich – das ist korrekt – aber tadellos wie zur Truppenabnahme.

Seine Erscheinung hatte nichts Furchterregendes oder Kriegerisches an sich; eher glich er einem als Soldat verkleideten Notariatsgehilfen: ein rundes, um eine ebenfalls runde Brille gedrücktes Gesicht krönte einen Körper, der, wäre nicht die Dienstmütze gewesen, winzig angemutet hätte. Alle Augenzeugenberichte, auf die wir gestoßen sind, sprechen von seinem zwar gehorsamen, aber auch leicht hochmütigen Gebaren. Er kam allen Befehlen nach, als habe er sie exakt in der Reihenfolge erwartet, in der sie erfolgten.

Zuerst ließ man ihn knien, die Hände im Nacken, dann sich bäuchlings hinlegen, die Hände im Nacken, dann mit den Händen im Nacken losmarschieren und ein Labyrinth aus Schützengräben durchqueren, in denen zerlumpte Männer einen dunklen, unsichtbaren Horizont überwachten, und schließlich trat er, die Hände im Nacken, auf eine Waldlichtung hinaus, wo ein Hauptmann in Armeemantel ihn im Licht einer Sturmlaterne von Kopf bis Fuß musterte. Bisher waren ihm alle Befehle von seinen Gefangennehmern leise zugeraunt worden, aber der abgetakelte Offizier, der ihm jetzt gegenüberstand, hatte keinerlei Bedenken, ihn schreiend zu fragen, was zum Teufel er hier mache.

»Das Verteidigungskomitee von Madrid wird morgen oder übermorgen kapitulieren«, sagte Alegría in einem deutlich von der Frage abweichenden Ton.

»Deshalb ergibst du dich? Hör auf, mich zu verscheißern.«

»Deshalb.«

Die Unterredung zerstreute sich in Gemurmel und von den uniformlosen Soldaten gewisperte Sätze; er selbst nahm lediglich ihre neugierigen Blicke und ihr herablassendes Grinsen wahr. Man hielt ihn für einen Verrückten.

Gern hätte er erklärt, warum er der Armee den Rükken kehrte, die den Krieg gewinnen würde, warum er sich Besiegten ergab, warum er nicht am Sieg teilhaben wollte. Aber die Rohheit dieser Männer nahm ihm den

Mut, und er beschloß, ein weiteres Mal Stillschweigen zu bewahren.

Wie konnte es sein, daß mit dem Leben dieser zerlumpten Gestalten ein ganzer Krieg bezahlt wurde? Wußten sie vielleicht nicht, daß sie aus reiner Abnutzung, als Kanonenfutter sterben würden? War ihnen vielleicht nicht bewußt, daß die gnadenlose Kriegsdisziplin jeden, der Widerstand leistete, niederwalzen würde?

Durch die Pinienhaine von Dehesa de la Villa führten sie ihn zu Fuß bis zur Calle Francos Rodríguez, wo sie auf einen Bereitschaftswagen warteten, der von einer Munitionslieferung an der nordwestlichen Front von Madrid kam. Es war fast drei Uhr morgens. Sie verfrachteten ihn zwischen mehreren Bündeln auf der offenen Ladefläche, wo zwei bewaffnete Männer ihn bewachten, und fuhren los. Er war jetzt ein Gefangener.

An der Kreuzung Calle Bravo Murillo und Calle Alvarado hielt eine Gruppe Männer den Wagen an. Sie hatten einen Verletzten bei sich, der hochgehievt und neben Hauptmann Alegría gelegt wurde. Eine Kugel hatte seine rechte Schulter zerschmettert, was man notdürftig verarztet hatte, doch sein Verband war bereits blutdurchtränkt. Er stöhnte leise vor sich hin, als wolle er nicht zur Last fallen oder sich möglichst nicht bemerkbar machen. Von ihm wissen wir, daß der Gefangene ihm zu helfen versuchte, die Blutung seiner Wunde zu stillen.

Bei Alegrías Anblick fragte er:

»Und der, was macht der hier?«

»Ein Deserteur«, sagte einer der Soldaten.

»Ein Kapitulierender«, berichtigte Alegría.

»Erschießt ihn«, schlug der Verletzte lakonisch vor.

»Morgen oder übermorgen wird Segismundo Casado kapitulieren«, erklärte Alegría.

»Aha. Und deshalb hast du dich ergeben. Hör auf, mich zu verscheißern.«

Der Bereitschaftswagen hielt vor dem Zentralkrankenhaus von Cuatro Caminos. Zwei Soldaten, diesmal in vorschriftsmäßiger Uniform, halfen, den Verletzten herunterzuheben, und einer von ihnen fragte, als er Alegrías Uniform aus der Nähe sah:

»Und der da?«

»Ein Deserteur.«

Schweigen.

Niemand beachtete ihn. Das schmerzverzerrte Gesicht, die verletzte Schulter, die Dunkelheit und der Motorenlärm des Bereitschaftswagens verhinderten weitere Erklärungen. Klappernd fuhren sie los und legten klappernd den Weg bis zum Generalhauptquartier zurück. Madrid war erloschen, aber nicht leer. Obwohl es nach drei Uhr morgens war, herrschte auf den Gehsteigen reges Treiben. Je weiter sie ins Zentrum kamen, desto zahlreicher wurden die Passanten, und der Platz an der Puerta del Sol hatte durch das – fast lautlose – Getümmel aus Soldaten und Zivilisten etwas von einem Ameisenhaufen.

Sie fuhren die Calle Mayor entlang und hielten erst im Inneren des Generalhauptquartiers wieder an. Dort waren alle Männer in Uniform, salutierten vor den Ranghöheren, und der Dienstgrad eines jeden war mit den vorgeschriebenen Litzen und Sternen gekennzeichnet. Sich wieder unter Berufssoldaten zu befinden, beruhigte Hauptmann Alegría, denn ihnen gegenüber wußte er sich zu verhalten, ihre Gesten und Codes verstand er. Die Armee – welche Seite auch immer – war für ihn wie für den Reisenden die Landkarte: jeder besetzte seinen Platz im Raum, und alle Entfernungen waren festgelegt.

Vermutlich empfand er diesen Innenhof wie einen von fiebriger Geschäftigkeit und ungebührlicher Hektik entweihten Klostergang. Einer der Soldaten aus seiner Eskorte trat zu einem Major, und sie unterhielten sich über den Gefangenen, doch konnte Alegría nicht verstehen, was sie sagten. Niemand bewachte ihn, niemandem fiel seine Uniform auf, obwohl es hier drinnen hell genug war. Er war nicht gefesselt, wurde nicht beobachtet, gefürchtet, gehaßt. Es stimmte, Casado würde sich ergeben. In einen anderen Bereitschaftswagen, etwas solider als der seine, wurden gerade eine Unzahl Aktenstöße, Schnellhefter, Archivmappen und lose Dokumente geschafft, von den einräumenden Soldaten gestaucht, um den Laderaum des Gefährts bestmöglich zu nutzen. Andere Dokumente dienten dazu, ein Lagerfeuer zu schüren, das in der Mitte des Hofes knisterte und in das einzeln die von ein paar Männern in Zivil aussortierten Papiere geworfen wurden.

In unmilitärischer Haltung beobachtete er eine ganze Weile die hektische Betriebsamkeit der Soldaten und Offiziere, die seine Gegenwart nicht zur Kenntnis nahmen, bis zwei bewaffnete Wachsoldaten ihm befahlen, ihnen zu folgen.

Sie stiegen mit ihm in einen Keller hinab, der nach Latrine stank, und sperrten ihn in eine geräumige Zelle, in der sich bereits ein anderer Gefangener befand. Als er sich an das Halbdunkel gewöhnt hatte, erkannte er, daß es sich um einen republikanischen Soldaten mit Unteroffizierstresse handelte. Ein schmächtiger Mann, den Alegría sofort als verkommen einordnete. Ungeachtet seines höheren Rangs musterte der andere ihn dreist, doch da es nicht der Moment für Disziplinarien war, beschränkte Alegría sich auf ein möglichst unsoldatisches »Guten Tag«.

Der Morgen graute.

Was ist ein von den Besiegten Besiegter?

Dank seiner Schilderung wissen wir, daß jener Zellengefährte ihn nur mürrisch um etwas Tabak bat, um sich eine Zigarette zu drehen, und eine rüde Gleichgültigkeit an den Tag legte, als der Neuankömmling ihm mitteilte, daß er nicht rauche.

Hauptmann Alegría drückte sich so weit wie möglich fort von seinem Mitgefangenen und kauerte sich in ein düsteres Eck der Zelle, wohin das sich bereits in den

Fensterluken ankündigende Tageslicht nicht dringen würde. Wir vermuten, die Aufeinanderfolge der Ereignisse entsprach in etwa den Voraussagen des Kapitulierenden, doch etwas Niedriges war im Begriff, ihren wahren Wert zu verfälschen, irgend etwas verzerrte das Geschehen und reduzierte seine Kapitulation, die er voller Subtilitäten und moralischer Nuancen geplant hatte, auf einen schäbigen Abklatsch ihrer selbst.

Sich vorzustellen, was der Protagonist unserer Geschichte denkt, ist nur ein Versuch, die Tatsachen zu erklären, die sich unserer Kenntnis nach zutrugen. Wir wissen, daß Alegría Jura studierte, zuerst in Madrid, dann in Salamanca. Wir wissen von Verwandten Alegrías, daß er als Sohn eines Großgrundbesitzers in Huérmeces aufgezogen wurde, in der Provinz Burgos, wo er 1912 im Schoß einer Familie aus altem kantabrischen Landadel geboren wurde und in einem imposanten Gutshaus mit zwei steinernen Bogen und einem Wappenschild aufwuchs, durch das die Seinen sich von jenen Bauerndrangsalierern unterschieden, die ihr Vermögen mit den Hungersnöten des Südens gemacht hatten, als Vieh, Wein, Getreide und Oliven vom Milzbrand, der Reblaus, dem Dickmaulrüßler, dem Mehltau und anderen Plagen vernichtet wurden.

Er war kein glänzender, aber ein beharrlicher Student, und Jiménez de Asúa lehrte ihn, daß das Gesetz nichts mit der Natur zu tun hat, daß der Gesetzgeber Partei ergreifen muß, weil dies die einzige Form ist, den

Prinzipien der Gleichheit Geltung zu verschaffen. Dem Mächtigen genügt die Macht.

Doch später, schon in Salamanca, lernte er, daß das Recht über den Gesetzen steht, und dieses Recht nichts wählt. Es war sogar von einem heiligen Recht die Rede. Seit ihm der erste Bartflaum gesprossen war, unterhielt er eine offizielle, ernsthafte Beziehung zu Inés Hoyuelos, der einzigen Tochter wohlhabender Kaufleute, die uns großzügig geholfen hat, diese Geschichte zu rekonstruieren.

Wir halten fest, daß er sich 1936 dem aufständischen Militär anschloß, um zu verteidigen, was immer seins gewesen war. Für ihn war es ein Krieg ohne Schlachten, ohne Heldentaten und ohne Feinde, einzig gewidmet den Getreidescheffeln, den Tabakrationen, den Kleidungsstücken, der Zählung von Schulterriemen, dem Zustand des Lederzeugs, der Verwaltung von Munition, Decken, Schuhwerk und Leibwäsche der Soldaten. Sein Krieg bestand darin, all das zu verstauen, zu disponieren, zu ordnen, zuzuteilen und zu verwalten, was notwendig war, damit andere töteten, starben und einen Feind besiegten, den er nie aus der Nähe zu sehen bekam, obwohl er stets da war, wie ein Landschaftspanorama, immer statischer und immer erstarrter.

Der letzte Intendanzbericht, den er ganz nach Vorschrift an dem Abend abfaßte, an dem er sich dem Feind übergab, läßt uns auf den Gemütszustand rückschließen, in dem er sich nach drei Kriegsjahren befand:

»Nach Zählung der Lagerbestände stimmt alles mit den beigefügten Tabellen überein, außer dem unterzeichnenden Offizier, der sich selbst als einen quadratischen Kreis betrachtet, einen blechernen Geist, der, obwohl er unseren Feind verabscheut, sich nicht für seine Niederlage verantwortlich fühlen will. Unterzeichnet Carlos Alegría. Hauptmann der Intendanzabteilung ...«

Es verging über eine Stunde, bis das Aufheulen mehrerer Motoren die Stille durchbrach.

»Sie haben sich ergeben. Wetten?« sagte der Unteroffizier.

Draußen umhüllte eine zähe Geräuschlosigkeit die Echos einer fiebrigen, aber traurig erstickten Geschäftigkeit. Man verließ das Generalhauptquartier. Niemand erteilte Befehle, alle wußten, was zu tun war: schnellstmöglich fliehen. Die lautlose Aufregung löste sich nach und nach auf, wie sein Plan sich in nichts aufgelöst hatte, und um zehn Uhr morgens – er konnte auf der Roskof nachschauen, die einmal seinem Großvater gehörte – war alles einer Grabesstille aus Liegengelassenem und Vergessenem gewichen. Er wurde sich bewußt, daß sie alleine waren. Der schmächtige Unteroffizier und er waren die einzigen Insassen des Generalhauptquartiers.

Franco war dabei, sich Madrids zu bemächtigen. Ein oder zwei Stunden später gelangten die neuen Befehlshaber zum Generalhauptquartier und schwärmten geordnet und geräuschvoll aus, um jedes Büro, jeden

Korridor, jede Galerie in Besitz zu nehmen. Der Kommandotempel gehörte nun ihnen.

Martialisch dröhnten die Schritte, in einer Kadenz aus Macht und Gehorsam, Unterordnung und Hierarchie. Hauptmann Alegría identifizierte dieses Hin und Her als etwas Wohlvertrautes, die Stimme des Eigenen. Doch dieses Gefühl barg keinen Trost in sich. Im Gegenteil. Es war, als kehre er in eine Welt zurück, der er nicht angehören wollte, aus der er geflohen war; es war, als finge alles von vorne an.

Türenschlagen, das Aufsperren von Schlössern, Sicherheitsriegeln und andere Abruptheiten entrissen Hauptmann Alegría dem Bollwerk seiner Erinnerung. Die Kellertür ging auf, und ein Offizier, eskortiert von drei Soldaten, stellte überrascht fest, daß sich noch jemand in dem verlassenen Gebäude befand.

»Und ihr? Was macht ihr hier?«

Diese Frage stellen wir uns vor, denn unser Zeuge, der schmächtige Unteroffizier, hatte in seinem Bericht vermutlich eine gewisse Unterwürfigkeit übertüncht (»Ich persönlich war nach so viel Krieg weder für die einen noch für die anderen«, sagte er uns), dafür erinnerte er sich aber an den Nachdruck, mit dem unser Protagonist darauf bestanden hatte, als Kapitulierender betrachtet zu werden.

»Vor wem haben Sie kapituliert, Hauptmann?«

»Vor der republikanischen Armee.«

»Wann?«

»Heute morgen, Herr Oberst.«

Der Oberst wandte sich seiner Eskorte zu, um sicherzugehen, daß er richtig gehört hatte. Die Soldaten zuckten mit keiner Wimper. Ungewöhnliche Situationen muß in der Armee der Befehlshabende lösen.

Er bat ihn um seinen Militärausweis, warf einen ungläubigen Blick hinein, den Abglanz einer Erklärung in diesem Dokument suchend, das letztlich nur seinen Namen, Dienstgrad und seine kurze Laufbahn in der Armee verzeichnete. Er steckte es in die Brusttasche und fragte, eher verblüfft als anherrschend:

»Sie haben sich wirklich heute morgen ergeben?«

»Ja, Herr Oberst, ich habe mich heute morgen ergeben.«

»Du bist ein Idiot und ein Verräter. Dafür kommst du vors Militärgericht.«

Sie schlossen die Tür wieder und ließen die Gefangenen, wo sie waren. Der Unteroffizier wagte es nicht, den Blick vom Boden zu heben. Gefangen zu sein war womöglich – und wurde tatsächlich – seine Rettung.

Ihr Schweigen zog sich über einen schleppenden, aber kurzen Zeitraum, denn bald kamen die ersten Gefangenen in jenes Untergeschoß, stetig, wie das Wasser aus der Quelle sprudelt.

Hauptmann Alegría begutachtete diese Anhäufung Besiegter, die der Reihe nach in das Untergeschoß des Generalhauptquartiers verfrachtet wurden, bis er einen der Gefangenen wiedererkannte: Es war der Mann, der ihn im Morgengrauen von Dehesa de la Villa bis zum Zentralkrankenhaus von Cuatro Caminos begleitet hatte. Seine verbundene Schulter, von der ein regloser Arm herabbaumelte, und sein schmerzverzerrter Ausdruck waren das einzige, was ihm in diesem Pferch voller Schatten vertraut war. Alegría suchte seine Nähe und fragte ihn, ob er Schmerzen habe. Wahrscheinlich überkam ihn bereits bei der Formulierung der Frage eine jünglingshafte Scham: Eine zerschmetterte Schulter und eine Niederlage schmerzen immer.

»Kann ich dir helfen?«

»Teufel! Der Kapitulierer!«

Dieser spontane Ausruf, der seiner wirklichen Lage Rechnung trug, dürfte ihm eine gewisse Genugtuung verschafft haben, denn, wie uns der Verletzte erzählte, der dank der Amputation seines Arms am selben Tag, an dem er zum Tode verurteilt werden sollte, überlebte, beschränkte er sich auf ein »Danke« und drehte sich ins Leere um. Endlich war er, was er zu sein beschlossen hatte: sein eigener Feind.

Eine Flut von Verhafteten überschwemmte das Untergeschoß, und neue Verblüffung, verschiedentliche Ängste und Facetten der Resignation kamen hinzu. Als die Luft nach drei Tagen zum Ersticken war, begann man, Gefangene zu verlegen. Über Alegrías Odyssee von jenem Untergeschoß bis vors Erschießungskommando haben wir nur vage Anhaltspunkte.

Die von den Wächtern des Labyrinths ausgestellten

Dokumente und die wenigen Briefe, die er schrieb, sind die einzigen Fakten, alles andere ist die Wahrheit. Er hätte es erzählen können, denn er hatte Gelegenheit dazu, doch zog er es vor, stumm seine Schuld bei den Abnutzungsstrategen des Krieges zu begleichen.

Wir wissen, daß er in die Werkzeughallen am Flugplatz Barajas verlegt wurde, wo das siegreiche Heer und seine Rechtsprechung die hochrangigen Militärs versammelte, um sie rasanten Kriegsgerichtsverfahren zu unterziehen, bei denen ausnahmslos Todesstrafen verhängt wurden.

Während der Zeit seines Arrests am Flugplatz Barajas nahmen die republiktreuen Offiziere ihn offenbar nicht wahr oder mieden ihn gar, denn in einem anderen Brief an seine Verlobte Inés, der aus unerfindlichen Gründen erst drei Monate später ankam, umschreibt er seine Situation kryptisch als die einer »Leibnizschen Monade«. Sie redeten nicht mit Alegría, mißtrauten ihm wie man einem Feind mißtraut, grenzten ihn aus in diesen Momenten, in denen jeder mehr an das dachte, was er zurückließ, als an das, was ihn erwartete. Alles war in einem solchen Taumel geschehen, hatte sich derart überstürzt, daß Hauptmann Alegrías Leben von Untergangsgefühlen, feindseliger Einsamkeit, rücksichtsloser Angst zerrieben wurde. Er wagte nicht zu beten, um nicht Gottes Aufmerksamkeit und Zorn auf sich zu lenken.

Er blieb in dem rauhen Hangar in Barajas vom 4. bis

zum 8. April, wurde immer schwächer, fiel ein wie ein leerer Weinschlauch; seine unerschütterliche Haltung zerstauchte mit jedem Übergeben, mit jedem Schwindelanfall, mit jedem Frösteln, mit jedem Hungerkrampf ein wenig mehr. Eine Gruppe Falangisten nahm nacheinander die Personalien der Inhaftierten auf, die in Habachtstellung beschimpft, geschlagen und erniedrigt wurden, bevor man ihnen die Rangabzeichen, ihre Ausweise und alle persönlichen Gegenstände abnahm. Oberst Luzón – seine Personalien enthalten keine weiteren Angaben – weigerte sich, die Sterne seines Dienstgrades abzugeben, da er sie sich wohlverdient auf dem Schlachtfeld erworben hatte, und so entriß ein Pistolenschuß ihm auf einen Schlag Rang, Sterne und Leben. *Fluchtversuch* heißt es in seinem Todesvermerk knapp.

Doch am achten Tag kam, endlich, der von Hauptmann Alegría herbeigesehnte Augenblick. An diesem Vormittag, als das Tageslicht den Hangar in einen Käfig voll leise beschworener Erinnerungen verwandelte, in der unerfaßbaren Stille Hunderter zusammengedrängter Männer, ertönten die ersten Namen.

Dies ist das wirklichste Dokument, das wir von den wirklichen Ereignissen haben, die einzige Wahrheit zur Untermauerung unserer Geschichte, der das hier Erzählte vermutlich ziemlich nahe kommt. Hätten wir nicht befürchtet, die Wiedergabe könnte falsch interpretiert werden, wir hätten uns darauf beschränkt, das Protokoll des Kriegsgerichts abzuschreiben, das Carlos

Alegría wegen Verrats und Diffamation des Vaterlandes zum Tod durch Erschießen verurteilte.

Wir überspringen den ersten Protokollteil des Schnellgerichtsverfahrens, gehalten gemäß dem bei Kriegszustand in Kraft tretenden Militärgesetz, in dem Hauptmann Alegrías Personalien aufgenommen werden, er selbst degradiert, aus dem Heeresdienst entlassen und, mit allen Konsequenzen, als Verräter der Armee in Kriegszeiten bezeichnet wird.

Nach verschiedenen Ausführungen, in denen nicht von seiner Personalakte die Rede ist, sondern von einigen aufschlußreichen Verhaltensstudien, entnommen den bei seinen direkten Vorgesetzten eingeholten Informationen, heißt es in dem Schriftsatz wie folgt:

Nach dem Datum befragt, an dem er beschloß, hinter die feindlichen Linien überzulaufen und so das glorreiche nationalistische Heer zu verraten, antwortet er: am Morgen des 1. April in diesem Jahr des Sieges.

Nach den Gründen befragt, die ihn zu solch einer vaterlandsverräterischen Tat bewegten, antwortet er: Er habe sich dazu entschlossen, weil Oberstleutnant Tella und Oberstleutnant Barrón im November 1937 die Madrider Vororte Villaverde, Carabanchel Alto und Carabanchel Bajo eingenommen hatten. Weil die Streitkräfte von Asensio und Castejón die Casa de Campo in Madrid erobert hatten, verteidigt von der I. und XI. Internationalen Brigade, die sich darauf beschränkten, bis zu den Ufern des Manzanares zurückzuweichen.

Danach befragt, ob der degradierte Carlos Alegría der Meinung sei, das erwähnte Vorrücken stelle einen ausreichenden Grund dar, das glorreiche nationalistische Heer zu verraten, antwortet er: Er habe sich außerdem dazu entschlossen, weil Asensio von General Varela den Befehl erhielt, mit seinen Panzern den Manzanares zu überqueren, was ihm am 15. November 1937 gelang, demselben Tag, an dem Barrón das Militärkrankenhaus von Carabanchel Bajo einnahm.

Er habe sich dazu entschlossen, weil die Regierung der Volksfront an diesem Tag das als verloren betrachtete Madrid aufgab und seine Verteidigung General Miaja anvertraute, der nur über eine in erster Linie aus den Internationalen Brigaden bestehende Armee verfügte, kommandiert von dem unerfahrenen General Kleber.

Er habe sich dazu entschlossen, weil Asensio Cabanilles an eben diesem 15. November in Madrid die Ciudad Universitaria einnahm, als Kommandant einer Kompanie der Stoßtruppen von Tetuan, die bis zum Park von Moncloa vordrangen, und General Asensio Cabanilles selbst das in Bau befindliche Gebäude des Madrider Krankenhauses eroberte.

Der Aussagende wird aufgefordert zu schweigen und kommt dem nach.

Nach den Gründen befragt, die zu seiner Kenntnis über die genannten Ereignisse führten, antwortet der Angeklagte, ihm habe die Intendanzabteilung für die südliche und südwestliche Front unterstanden, unter dem direkten Befehl von General Varela. Und daher wisse er, daß im November 1937 Oberst Ríos Capapé und Mohammed Al Mizzian bis in den oberen Teil der Calle Ferraz im Zentrum von Madrid gelangt waren, wo sie nur auf den vereinzelten Widerstand im Rückzug befindlicher Heckenschützen stießen.

Der Aussagende wird aufgefordert zu schweigen und kommt dem nach.

Danach befragt, ob die glorreichen Taten der nationalistischen Armee der Grund seines Vaterlandverrats seien, antwortet er: Nein, der wirkliche Grund ist, daß wir die Volksfront damals nicht besiegen wollten.

Befragt, was wir dann wollten, wenn wir in dem glorreichen Kreuzzug nicht siegen wollten, antwortet der Angeklagte: Wir wollten sie töten.

In der Folge wird er unehrenhaft aus der Armee entlassen und des Verrats und der Kollaboration mit dem Feind für schuldig erklärt. Er wird zum Tode verurteilt.

Darunter finden sich eine Unterschrift und ein Stempel, beides nicht zu entziffern.

Der degradierte Hauptmann Alegría hatte endlich den Abnutzungskrieg vor seinen Rangoberen zur Sprache bringen können.

Ab diesem Dokument verlieren sich alle von uns wiedergegebenen Begebenheiten in einem Wirrwarr zersprengter Informationen und Ereignisse, die sich bisweilen widersprechen und bisweilen den nebelhaften Erinnerungen von Zeugen entspringen, die es vorzogen zu vergessen. Dennoch haben wir vagen Reminiszenzen an Sätze Glauben geschenkt, die in angstvollen Wachträumen gemurmelt wurden und im Grauen der Wahrheit auch ihren Platz haben, ob sie so stimmen oder nicht.

Hauptmann Alegría, nunmehr Zivilist, nunmehr Verräter, nunmehr tot, kehrte vermutlich in den Hangar zurück, wo soviele andere verurteilt waren oder sein würden. Er schrieb, mindestens, drei Briefe: einen an seine Verlobte Inés, der in unsere Hände gelangte, einen anderen nach Huérmeces an seine Eltern, deren Haus von einem Hochwasser zerstört wurde, bei dem der Fluß Urbel Erinnerung, Habe und Lebensmut zweier alter Menschen fortschwemmte, die, als sie von der Tat ihres Sohnes erfuhren, ihre Blicke auf einen unbestimmten Punkt in der Landschaft richteten und so endgültig verstummten, daß sie vor ihrem Tod nicht einmal mehr die Beichte ablegen wollten. Den dritten Brief richtete er an den Generalísimo Franco, Caudillo von Spanien. Wir wissen von letzterem, da er sich in seinem Brief an Inés auf ihn bezog. *»Ich habe ihm nicht geschrieben, um eine Begnadigung zu erbitten oder Reue zu zeigen, sondern um ihm zu sagen, daß das, was ich gesehen habe, von anderen gelebt wurde und es nicht unter den Lilien vergessen werden darf.«*

In einem anderen Brief an Inés, die Grundschullehrerin in Ubierna war, spricht er kryptisch von der Einsamkeit, die im Begriff ist, ihn in eine sterbliche Hülle zu verwandeln, und er muß, wie vor ihm schon San Juan de la Cruz, auf fremde Worte zurückgreifen, um von sich selbst zu sprechen, als wage er nicht, sich seinen Gefühlen zu überlassen: »*Ein War bin ich, und Wird, und müdes Ist.*« In seinem Abschied findet sich keine Leidenschaft, nicht einmal Liebe, nur ein diffuses Klagen, ein Vorwurf an die Gegenwart, das Bedauern über ein Leben zur falschen Zeit: »*Ich kam nicht dazu, Pläne zu machen, da andere Schrecken meine Zukunft auslöschten, aber sei versichert, daß du, hätte ich sie gemacht, die Säule meines Vorhabens gewesen wärst.*«

Hätte man sich vorzustellen, wie das Leben sich für Hauptmann Alegría anfühlte, müßte man sich wohl einen Strudel aus Öl denken: langsam, zähflüssig, unausweichlich. Während er seine Einsamkeit in jenem Hangar der Angst umhertrug, von Leere umhüllt, die Entfernung zwischen sich und dem Universum aufgebunden, harrte er des Augenblicks, der dem Ende vorangeht, nicht wissend, daß das Ende nicht geschrieben stand.

Neun Tage lang wartete er darauf, daß die Reihe an ihn kam. Mit jedem Morgengrauen mußte sich, willkürlich zusammengestellt, wie eine Herde, eine Gruppe Gefangener im Hangar zusammentun, um in Zweierreihen zu mehreren Lastwagen geführt zu werden, die lärmend in einer lauen, öden Landschaft verschwanden. Wenige verabschiedeten sich. Die meisten gingen schweigend. Es ist gut möglich, daß dem an die Beobachtung des Feindes gewohnten Alegría der unspektakuläre Tod vertraut war, aber sein Leben allein dem Zufall ausgeliefert zu sehen, sich in der Ecke der Toten zu befinden oder nicht, mußte ihn unerträglich anmuten. Alegría lehnte den Zufall ab, er brauchte die Ordnung.

Wir können uns eine gewisse Erleichterung vorstellen, als er am achtzehnten Tag, erschöpft unter einem erbarmungslosen Regen, einer in der Herde war. Im Lastwagen, zusammengepfercht und Halt suchend, blickten sich alle Verurteilten in die Augen, nahmen sich bei der Hand, preßten sich einer gegen den anderen. Auf halber Strecke suchte eine Hand die seine, und seine Einsamkeit verflüchtigte sich in einem stummen, langen, innigen Händedruck, der ihm Platz in der Gemeinschaft der Besiegten einräumte. Nach der Hand ein Blick. Weitere Blicke, weitere Augen, gerötet von Erschöpfung und ersticktem Weinen. »Vergebt mir«, sagte er und tauchte ein in diesen Haufen jammervoller Körper.

Es war schon gegen acht Uhr morgens, als sie in Arganda del Rey ankamen. Alles war vorbereitet. Eine gemörtelte Steinmauer, Überrest eines eingefallenen Stalls, ein ebener Vorplatz, ein Erschießungskommando und eine Reihe Wächter bildeten alles für die Hinrichtung Erforderliche. Weitere Lastwagen, weitere Verurteilte, weitere Trostlosigkeit machten die Zeremonie komplett. Ein Priester mit lilafarbener Stola betete auf Latein Fürbitten herunter. Sie waren fast hundert und mußten sich zusammendrängen, damit alle vor die Mauer paßten. Einige Augenblicke des Schweigens, damit der Priester sein Gebet fertigsprechen konnte, das er mit einem Segen abschloß, kraftlos wie ein trauriges Adieu in die Luft gezeichnet, und sofort »Erschießungskommando«, Stille, »Legt an«, Stille, »Feuer«.

Wenn jemand schrie, konnte es niemand hören.

Als Hauptmann Alegría wieder zu Bewußtsein kam, lag er in einem Massengrab, versunken in einem Chaos aus Toten und Erde. Er brauchte eine Weile, doch schließlich gelang es ihm, seinen Schmerz zu ignorieren, und er erkannte, daß er die Gesetze der Welt, die eine Rückkehr verbieten, erneut überschritten hatte. Er war am Leben. Ein Universum aus reglosen Knochen, Knorpeln, geronnenem Blut, Exkrementen, angehaltenem Atem und vom Tod überraschten Herzen, das zwischen dem Wust aus Toten Lufttaschen bot, die ihm auch begraben noch zu atmen erlaubten. Er war am Leben.

Es gibt eine Dunkelheit für die Lebenden und eine andere Dunkelheit für die Toten, und da Alegría zunächst nicht versuchte, die Augen zu öffnen, verwechselte er beide, bis ihm sein eigenes Schluchzen verriet, daß dies nicht die Stille des Todes war. Er war am Leben.

Alegría sprach von diesem Augenblick stets wie von einer Geburt. Erschöpft brauchte er lange, um die Umrisse seines Körpers zu erspüren, entkräftet und von den ineinander verkeilten Leichen gequetscht. Sein Kopf brannte an einer Stelle so schmerzhaft, daß er dachte, sein Schädel klaffe entzwei. Langsam, bemüht, die Ruhe der Toten nicht zu stören, brachte er seine Arme an den Körper, nach jeder Anstrengung innehaltend, um nicht zu keuchen, da er fürchtete, die Luft könnte ihm ausgehen, und sammelte die nötige Kraft, um sich von dem Gewicht zu befreien, unter dem er sich kaum rühren konnte. Er hatte die Grube, in der er beerdigt war, vor der Hinrichtung gesehen, und angesichts ihrer geringen Tiefe konnten nicht viele Leichname auf ihm liegen. Er versuchte es mehrmals, und bei jedem Versuch merkte er, wie etwas sich verschob und nicht mehr auf ihn drückte, bis schließlich alles nachgab und er sich unter freiem Himmel befand. Die Erde war an ihrem Platz, und er schleppte sich bis zu einem Geröllhaufen, gegen den er sich fallen ließ, sein Schluchzen so gut wie möglich unterdrückend. Er war ganz, bis auf seine Brille.

Eine schicksalhafte Kugel, die ihn oben an der Stirn getroffen hatte, war an seiner Schädeldecke abgestreift und hatte ihm eine tiefe, fast bis in den Nacken reichende Wunde gerissen, ohne jedoch in den Schädel einzudringen. Sein Gesicht, seine Schläfen, sein Hals waren blutverschmiert, aber die Erde hatte wundheilend gewirkt, und blutete es jetzt zwar auch wieder, so hatte doch sein Herz während seiner Bewußtlosigkeit nicht nur aus Angst weitergeschlagen.

Es wurde dunkel.

Hier setzt eine Wende in Alegrías Schicksal ein, von der wir wenig Genaues wissen, denn rang er sich auch gelegentlich dazu durch, von den Geschehnissen vor seiner Wiederauferstehung zu sprechen, konnte ihn nur selten jemand dazu bringen, zu erzählen, wie er von Arganda del Rey bis La Acebeda gelangte, einem Bergdorf auf der südlichen Seite der Gebirgskette von Somosierra. Granitstein, Zistrosen und Berge umgeben dieses Dorf aus Lehm und Schiefer, das den ganzen Winter über im Schnee vor sich hindämmert, sich aber mit Feldarbeitern bevölkert, wenn die ersten milden Frühlingstage kommen.

Einmal erwähnte er gegenüber einem seiner Wächter, daß außer den Tieren alle vor ihm wegliefen, flüchteten, wenn sie sahen, daß dieser schmutzstarrende, ausgemergelte Mann mit dem schmerzgezeichneten Blick lebendig war. Es waren Zeiten, in denen nur die Toten keine Angst machten.

Auf den Feldern um La Acebeda fanden ihn, erschöpft und fast leblos, ein paar Feldarbeiter, die ihn zunächst für tot hielten, doch als sie der Leiche gerade die Stiefel ausziehen wollten, hörten sie den blutverklebten Kopf um Wasser bitten. Er trug die Uniform der Armee, die soeben den Krieg gewonnen hatte, röchelte aber sein Leben bibbernd aus wie ein Besiegter.

Heute wissen wir, daß mehrere Möglichkeiten in Betracht gezogen wurden, angefangen damit, ihn lebendig zu begraben, denn was wußte man schon, wer auf ihn geschossen hatte, bis dahin, ihn zwischen den Zistrosen sterben zu lassen und nach seinem Tod die Behörden von dem Fund zu informieren. Doch eine resolute Alte beschloß, ihm das Wasser zu geben, um das er bat, und sein Gesicht mit ihrem Rock zu säubern.

»Wir sind alle Kinder Gottes, sogar die da«, sagte sie. So begann eine Reihe von Hilfeleistungen, die sich drei Tage lang fortsetzten und mit denen es gelang, diesen Toten lebendig zu halten. Alles verschwor sich, damit es ihm unmöglich wurde, sich vom Leben loszusagen, wie man sich beim Aufwachen von einem Traum lossagt.

Sie ließen ihn dort, zwischen den Zistrosen, teils aus Angst, teils, um das Risiko zu vermeiden, er könnte beim Transport sterben. Sie behandelten die Wunde mit nutzlosen Salben, hüllten ihn in eine Decke und brachten ihm Wasser und etwas Nahrung. Heute wissen wir, daß all dies in der damals herrschenden Zeit einen Überfluß an Barmherzigkeit darstellte, den Alegría dankte, indem er ihre Namen verschwieg.

Daß jemand sich eines verwurmten, mit Blut und Exkrementen verklebten Mannes annimmt, seinen Kopf hochhebt und seine Lippen mit Wasser benetzt, ihm löffelweise eine noch Toten verträgliche Brühe einflößt und ein tröstendes Wort sagt, all das, dachte er, war ein Zeichen dafür, daß etwas Menschliches die Greuel des Krieges überlebt hatte. Wären seine trockenen Lippen nicht so eingerissen gewesen, hätte Alegría gelächelt. So sagte er es, und so geben wir es wieder.

Und ebenso erzählte er den Pflegern, die sich in den Gefängnissen um ihn kümmerten, in die er später kam, daß, während er dort lag und sich den Rufen der Erde, die Anspruch auf das ihre erhob, taub stellte, am quälendsten nicht die Angst vor dem Tod war, sondern die Scham, so dahinfaulend erblickt zu werden, die Schmach, seine Wohltäter könnten seinen ekelerregenden Atem riechen oder sich mit dem Eiter seiner schwärenden Wunden beflecken. Er zog die Decke über sich, wenn man ihm zu essen brachte, und ließ niemanden an sich heran. Jetzt bringt uns das auf den Gedanken, daß dies auch eine Form war, keine Erklärungen zu geben.

Der vierte Tag brach in Nebelfetzen an, und die Decke war so vom Morgentau besprengt, daß das Fieber sich nicht einmal seiner Knochen erbarmte. Er wollte in Huérmeces sterben, und das Leben zerschliß sich ihm in dieser feindlichen Gegend. Er sammelte alle seine Kräfte, nutzte selbst noch das ihn schüttelnde Zittern, um sich in Bewegung zu setzen, und nachdem er sorgfältig die Decke zusammengelegt hatte, um seinen Dank zu zeigen, verstaute er das Wasser und die gekochten Kartoffeln in dem Leinsack, in dem man ihm das Essen brachte. Er nahm den Weg in sein Dorf auf, das hinter den schroffen, aber wolkenverhüllten Bergen lag. Bergauf wanderte er los in Richtung Somosierra.

Die dort aufragende Gebirgskette teilt Spanien in zwei Hälften, und uns kommt es jetzt vor, als sei die unmenschliche Strapaze, sie zu überqueren, eine andere Form gewesen, das Entzweiende zu verleugnen, stets auf beiden Seiten sein zu wollen.

Verloren in seiner fiebrigen Orientierungslosigkeit suchte er nach dem Weg und legte den Aufstieg im Straßengraben zurück, um nicht von den Passierenden gesehen zu werden: ausnahmslos Armeetrupps zum Transport von Verpflegung, Soldaten, Waffen und allem Notwendigen, um das eroberte Gebiet unter Kontrolle zu halten. Stumpfsinnigkeit eines Krieges, der, wie so viele Kriege, zu einem Ende, aber zu keiner Lösung kommt. Nur gelegentlich fuhr ein Zivilwagen vorbei, doch hätte er ebensogut konfisziert sein können. Alegría wußte, daß alle, denen erlaubt war, sich frei zu bewegen, seine Feinde sein konnten. Das bedeutete nicht, daß die Reglosen, die Stillen, nicht auch seine Widersacher waren, denn er hatte keine Ahnung, auf welche Seite ein Soldat sich stellen muß, der einen Krieg zugleich gewinnt und verliert.

Aber wollte er sich auch verstecken, so wagte er es dennoch nicht, sich von der Straße zu entfernen, denn er fürchtete, die zum Weiterleben nötigen Kräfte könnten ihn verlassen, woraufhin er sich auf dem Weg ausstrecken wollte, damit man ihn fand und ihn christlich begrub oder zumindest verhinderte, daß seine Überreste von den Wölfen und verwilderten Hunden gefressen würden, die in der Nähe umherstrichen und geduldig auf das Ende seiner Pilgerung warteten. Für die Wiederauferstehung des Fleisches, dachte er, mußte ein Leichnam eine gewisse Reinlichkeit aufweisen, und alles, was von ihm noch blieb, war eine verfaulende, gedemütigte

Masse. Er verströmte einen so bestialischen Gestank, daß weder Heidekraut noch Zistrosen, der Frühling oder der Thymian dagegen ankamen.

Dank all dieser Vorsichtsmaßnahmen zog der Weg sich drei weitere Tage hin, mit Kartoffeln und Wasser versorgt der erste, doch dann, in der Kälte der Gipfelregionen, blieb ihm nur noch der Leinsack als Decke in der Nacht und als Schutz gegen das Wundfieber, wenn mittags die Sonne herunterbrannte.

Schließlich erreichte er Somosierra, ein Dorf aus Granit und Schieferstein, das die Landschaft braucht, um schön zu wirken. Er kam in der Dämmerung an, mit einer schräg einfallenden, glimmenden Sonne im Rükken, dank der er sich ungesehen dem Zollhäuschen nähern konnte, wo die Wegposten ihr Lager aufgeschlagen hatten. Da waren sie, die Soldaten jener Armee, die die letzte Schlacht gewonnen hatte, mit den Uniformen, Stiefeln, Mänteln und Waffen, die er so viele Jahre hindurch verwaltet hatte. Er verspürte weder Nostalgie noch Reue, wohl aber Melancholie.

Stundenlang beobachtete er sie durch den Schleier seiner Kurzsichtigkeit, noch als die Nacht hereinbrach und die Soldaten Lagerfeuer anzünden mußten, um den Weg zu erleuchten und sich zu wärmen. Er beobachtete die Parodie eines Wachwechsels, aufs Geratewohl und mit einer Lustlosigkeit vollführt, die mehr Überdruß als Siegesfreude spiegelte.

Vermutlich kam ihm dort die Überlegung, die er auf

ein paar Zetteln notierte, in seinen Taschen gefunden am Tag seines zweiten Todes, dem richtigen, der sich später zutrug, als er sich das Leben mit einem seinen Wächtern entrissenen Gewehr wegblies.

»Sollen diese matten, überdrüssigen Soldaten da vor mir etwa den Krieg gewonnen haben? Nein, die wollen heim nach Hause, wo sie nicht als siegreiche Kämpfer, sondern als dem Leben Entfremdete ankommen werden, dem Eigenen Entwöhnte, und sich nach und nach in besiegtes Fleisch verwandeln werden. Sie werden mit den Unterlegenen verschmelzen, von denen sie sich allein durch das Stigma ihres gegenseitigen Grolls unterscheiden werden. Wie der Besiegte werden sie schließlich den wirklichen Feind fürchten lernen, der die feindliche und die eigene Armee besiegte. Einzig ein paar Tote werden als die Protagonisten des Krieges betrachtet werden.«

Doch alle Gedanken, und mit ihnen die Erinnerung, wurden wohl von Fieber, Hunger und dem Ekel, den er vor sich selbst empfand, untergraben, denn mit einem letzten Kraftaufwand schleppte er sich, nicht einmal mehr aufrichten konnte er sich, langsam zu den Wachposten hin, ohne Erstaunen und Widerwillen der Soldaten beim Anblick dieses kriechenden Haufen Elends zu beachten.

Als das Schluchzen es ihm erlaubte, sagte er:

»Ich bin einer von euch.«

ZWEITE NIEDERLAGE: 1940
oder
Im Vergessen gefundenes Manuskript

DIESER TEXT WURDE 1940 *in einer Almhütte in den Bergen von Somiedo entdeckt, wo Asturien und León aneinandergrenzen. Dort fand man das Skelett eines Erwachsenen und den erstaunlich gut erhaltenen, nackten Körper eines Säuglings auf ein paar über einen Strohsack gebreiteten Leinsäcken; ein Wolfsfell und Bergziegenwolle, Wildschweinborsten und getrocknete Farnblätter bedeckten sie. Die beiden Körper lagen eng aneinander in eine weiße Decke gehüllt, »wie in einem Nest«, heißt es in dem Bericht, dessen Reinlichkeit mit dem Rest der schmutzigen, übelriechenden, erbärmlichen Behausung kontrastierte. Vertrocknet, aber immer noch stinkend, die Überreste einer Kuh, der ein Bein und der Kopf fehlten. 1952, als ich im Generalarchiv der Guardia Civil nach anderen Dokumenten suchte, stieß ich auf eine gelbe Akte, als DD klassifiziert (Difunto desconocido). Darin befand sich ein in Wachstuch eingeschlagenes Heft mit wenigen karierten Seiten, dessen Inhalt ich hier wiedergebe. Er war durchgehend in einer sauberen, ordentlichen Schrift abgefaßt. Am Anfang ist sie recht ausgreifend, nach und nach wird sie jedoch kleiner, als hätte der Verfasser mehr zu erzählen gehabt, als in das Heft paßte. Bisweilen sind die Ränder mit unverständlichen Zeichen oder nachträglich angefügten Kommentaren versehen. Das läßt sich zum einen aus der Schrift schließen (die, wie gesagt, immer kleiner und gestochener wird), zum anderen reflektieren sie ganz offensichtlich andere Gemütszustände. Jedenfalls nehme ich diese Kommentare an den ihnen entsprechenden Seiten auf. Das Heft entdeckte ein Hirte auf einem Schemel unter einem schweren Stein, den niemand unbeabsichtigt dorthin gelegt haben konnte. Ein leerer Lederbeutel, eine Axt, ein Bettgestell ohne Matratze und zwei Tonschalen auf der erloschenen Feuerstelle waren alles Inventar, das der den Bericht abfassende Guardia Civil aufführte. Von der Decke hing ein schlichtes schwarzes Kleid. Ansonsten gab es keinerlei Anzeichen auf Leben, aber der Bericht erwähnt – und das brachte mich dazu, das Manuskript zu lesen –, daß auf der Wand folgender Satz geschrieben stand: »Infamer Schwarm nächtlicher Vögel.« Dies ist der Text:*

SEITE I

Elena ist bei der Geburt gestorben. Ich war nicht in der Lage, sie im Diesseits zu halten. Erstaunlicherweise ist das Kind am Leben.

Da liegt es, kraftlos bibbernd auf einem sauberen Leintuch neben seiner toten Mutter. Und ich weiß nicht, was ich tun soll. Ich traue mich nicht, es anzufassen. Gewiß werde ich es mit seiner Mutter sterben lassen, die wissen wird, wie man sich einer Kinderseele annimmt, und ihr das Lachen beibringen wird, wenn es denn einen Ort gibt, an dem die Seelen lachen können. Wir werden nicht mehr nach Frankreich fliehen. Ohne Elena will ich das Ende des Weges nicht erreichen. Ohne Elena gibt es keinen Weg.

Wie korrigiert man den Fehler, am Leben zu sein? Ich habe viele Tote gesehen, aber ich habe nicht gelernt, wie man stirbt!

SEITE 2

Es ist nicht gerecht, daß der Tod sich so früh einschleicht, bevor das Leben überhaupt Zeit hatte, sich geboren zu zeigen.

Ich habe alles so gelassen, wie es war. Niemand wird sagen können, ich hätte eingegriffen. Die tote Mutter, das strampelnd lebendige Kind, und ich, reglos vor Angst. Grau ist die Farbe der Flucht und traurig das Geräusch der Niederlage.

(*Darunter steht ein durchgestrichenes Gedicht, von dem nur ein paar Worte zu entziffern sind:* »kraftvoll«, »ohne Licht« [*oder* »mein Licht«, *das ist nicht deutlich*] *und* »den Aufruhr vergessen«. *Am Rand steht in kleinerer Schrift ein Satz:* »Ist dieses Kind die Ursache des Todes oder seine Frucht?«)

SEITE 3

Ich will alles aufschreiben, um dem, der uns findet, zu erklären, daß auch er schuldig ist, sollte er nicht ein weiteres Opfer sein. Wer liest, was ich schreibe, möchte bitte unsere sterblichen Überreste auf dem Berg verstreuen. Elena schaffte es nicht weiter, und das Kind und ich wollen an ihrer Seite bleiben. Ich bin nur schuldig, nicht verhindert zu haben, daß das Geschehene geschah. Ich habe nicht gelernt, dem Leid auszuweichen, und das Leid hat Elena mit seiner Sense von mir abgetrennt. Außerdem ist Schreiben und Geschichtenerzählen alles, was ich kann. Niemand lehrte mich, mit mir selbst zu sprechen, und niemand lehrte mich, das

Leben vor dem Tod zu schützen. Ich schreibe, weil ich mich nicht daran erinnern will, wie man betet oder wie man verflucht.

Wie kann eine so wundervolle Geschichte auf einem windumtosten Berg enden? Es ist erst Oktober, aber hier oben wird der Herbst jede Nacht zum Winter.

Das Kind hat den ganzen Tag geweint, mit einer überraschenden Kraft. Es ist ihm gelungen, meine Gedanken auf sich zu lenken, habe ich auch den Blick auf Elenas totes Gesicht geheftet und ihm daneben den ganzen Vormittag über keine Beachtung geschenkt. Jetzt merke ich, daß ich keine einzige Träne vergossen habe, vermutlich, weil das Weinen des Kindes ausreichend ist. Und notwendig. Ich hätte nicht so untröstlich weinen können, hätte nicht mit solcher Wut zu schreien vermocht. Elena ist ohne meine Anstrengung beweint worden. Wie kann ein Mann weinen und zugleich vergehen? Jetzt scheint es, als habe das Kind das Bewußtsein verloren. Ich habe mich ihm genähert, um es anzuschauen, und habe festgestellt, daß es noch atmet, doch bei dem Versuch, es zu bewegen, hatte ich das Gefühl, jemand habe ihm das Skelett herausgerissen.

SEITE 4

Ich habe eingehend Elenas weißes Gesicht betrachtet. Ihre Blässe ist schon nicht mehr so umschattet wie im Augenblick des Todes. Ihr ist schlicht alle Farbe entwichen. Vielleicht ist der Tod transparent. Und eisig.

Während der ersten Stunde hatte ich das Bedürfnis, ihre Hände zwischen meinen zu halten, doch nach und nach schwand die Zärtlichkeit aus ihren Fingern, und ich bekam Angst, dies würde die Erinnerung sein, die meiner unbefriedigten Haut eingeprägt bliebe. Seit mehreren Stunden habe ich sie nun nicht berührt, und es ist mir nicht mehr möglich, neben ihrem Körper auszuruhen. Dem Kind schon. Jetzt liegt es erschöpft an seine Mutter geschmiegt. Einen Augenblick lang dachte ich schon, es wolle den leblosen Körper wärmen, der ihm als Unterschlupf diente, als das Dröhnen des Krieges noch währte.

Ja. Wir haben einen Krieg verloren, aber uns von den Faschisten fangen zu lassen, würde bedeuten, ihnen einen weiteren Sieg zu schenken. Elena wollte mir folgen, und jetzt wissen wir, daß unser Entschluß ein Fehler war. Gern würde ich glauben, daß noch nie ein so großmütiger Fehler begangen wurde.

Wir hätten auf ihre Eltern hören sollen, die ich um Verzeihung bitte, Elena erlaubt zu haben, mich auf meiner Flucht zu begleiten.

Bleib da, dir werden sie nichts tun, habe ich ihr gesagt. Ich geh mit dir. Töten werden sie mich. Sterben werde ich. Wir sprachen vom Tod, um das Leben offenzulegen. Aber wir haben uns geirrt. Wir hätten nie diese endlose Reise antreten dürfen, sie im achten Monat. Das Kind wird nicht leben, und ich werde mich in die Wiesen sinken lassen, die der Schnee bedecken wird, damit aus meinen Augenhöhlen Blumen wachsen und denen ein Stachel sein mögen, die den Tod der Poesie vorziehen.

Miguel, deine Prophezeiung wird sich bewahrheiten!

Wo bist du jetzt, Miguel, und kannst mich nicht trösten? Ich würde die Ewigkeit dafür geben, noch einmal deine fließenden Verse zu hören, deine bedachten Worte, deinen freundschaftlichen Rat. Vielleicht verwandelt mich der Schmerz noch in einen Dichter, Miguel, und womöglich müßtest du nicht mehr soviel Wohlwollen bemühen. Erinnerst du dich, wie du mich den proletarischen Bogenschützen nanntest? Elena war dir dafür zugetan und wird es bleiben, auch tot noch.

SEITE 5

Hätte Elena wohl gewünscht, ich hätte das Kind von der Plazenta getrennt, die es umgibt, seine Nabelschnur mit einem meiner Stiefel gekappt und versucht, die Sieger mit dem keimenden Leben der Rache zu demütigen? Ich glaube, sie hätte keinen besiegten Sohn gewollt. Ich will keinen aus der Flucht hervorgegangenen Sohn. Mein Sohn will kein aus dem Tod geborenes Leben. Oder doch?

Wäre der Gott, von dem man mir dort draußen erzählte, ein guter Gott, würde er uns erlauben, unsere Vergangenheit zu wählen, aber weder Elena noch ihr Sohn werden den Weg zurückgehen können, der uns bis in diese Hütte führte, die ihr Grab sein wird.

Heute im Morgengrauen hat mich die Müdigkeit übermannt, und ich bin über dem Tisch eingeschlafen. Das Weinen des Kindes hat mich aufgeweckt, weniger kräftig inzwischen, wimmernder. Seine gestrige Wut ließ mich gleichgültig, sein heutiges Klagen hat Mitleid in mir hervorgerufen. Ich weiß nicht, ob Müdigkeit und Kälte mich benommen machten oder ob mir nach drei Tagen ohne Nahrung ebenfalls die Kräfte zu schwinden beginnen, jedenfalls fand ich mich plötzlich dabei, es an einem Tuch nuckeln zu lassen, das ich in mit Milch versetztes Wasser getunkt hatte. Anfangs wußte es nicht, ob leben oder sich von meinem Plan mitreißen lassen, aber nach einer Weile hat es begonnen, die Flüssigkeit aus dem Tuch zu saugen. Es hat gespuckt, hat aber weiter gierig genuckelt. Das Leben zwingt sich ihm um jeden Preis auf.

Ich glaube, es war ein Fehler, es im Arm zu halten. Ich glaube, es war ein Fehler, es einen Augenblick lang dem Tod fernzurücken, aber die Wärme meines Körpers und die Nahrung, die es ihm aufzunehmen gelang, haben ihn in einen tiefen, ermatteten Schlaf gesenkt.

SEITE 6

Aus ein paar Heusäcken habe ich ein geschütztes Bettchen gemacht und es mit einer von seiner Großmutter geerbten Häkeldecke zugedeckt, die Elena unbedingt mitnehmen wollte, als wäre sie die Quintessenz ihrer Vergangenheit. Die Decke ist inzwischen nicht mehr so anheimelnd, wie sie es war, als wir noch gemeinsam flohen, aber sie wärmt das Kind, und möglicherweise hängt noch etwas vom Duft seiner Mutter an ihr.

Ich muß gestehen, daß das Nebeneinander von Leben und Tod mir unerträglich wurde.

Ihrer beider Anblick im selben Bett, mit dem Gesicht nach oben, Elena so aufgebraucht und er so unfertig, zog gleichsam eine Grenzlinie zwischen wahr und falsch. Der Tod war mit einem Mal Tod, einfach nur Tod, ohne die Zartheit des Körpers, das Tierische des Lebens. Ein Leichnam ist nach drei Tagen entseelte Materie, ohne nährende Feuchtigkeit, ohne blütenhafte Zerbrechlichkeit. Er ist nicht einmal wehrlos. Er ist etwas, das sich nicht bedrängt fühlen kann, und dennoch duckt er sich, als wolle er nicht auffallen. Ein Leichnam ist nach drei Tagen nur Einsamkeit und hat nicht einmal die Gabe zur Traurigkeit. Dem Kind trocknet die Nabelschur. Und es weint.

(Rund um diesen Text befindet sich eine blasse Zeichnung, in der man eine Sternschnuppe erahnt, oder die kindliche Darstellung eines Kometen, der mit Wucht gegen eine weinende Mondsichel prallt.)

SEITE 7

Ich habe nichts gegessen. Es bleiben mir noch etwas trocken Brot und ein paar Fischkonserven, die wir auf die Flucht mitgenommen haben. Das Kind hat noch ein wenig verdünnte Milch zu sich genommen. Offenbar wird es satt. Heute werde ich seine Mutter neben der Eiche begraben. Ich habe keine Kraft, um die Kühe zu melken, aber sie werden langsam krank, und ihr Muhen läßt mich auch nicht an Elena denken. Ich wollte, jemand käme aus dem Tal herauf, um das Vieh heimzutreiben, damit ich mich nicht entscheiden muß, ob ich etwas zu mir nehmen oder mich in den Tod hinabrollen lassen soll. Aber in diesen Zeiten schlägt sich sogar das Vieh alleine durch. Solange der Winter noch nicht da ist, wird diesen Tieren verborgen bleiben, daß es Wölfe, Kälte und das Wechselspiel der Kräfte gibt. Vorläufig trifft uns das gleiche Schicksal. Die vier oder fünf, die gemolken werden müssen, werden sterben, wenn niemand es tut. Wie konnte derjenige, der sich um sie kümmerte, ausgerechnet jetzt verschwinden? Aber was macht das schon für einen Unterschied? Außerdem werde ich Milch für das Kind brauchen, bis ich mich entschlossen habe.

Es regnet. Besser so. Niemand wird es wagen, bei solch finsterem Wetter auf diese Hütte hochzusteigen. Es ist mir gelungen, zwei Kühe einzufangen. Eine von ihnen hat entzündete Euter. Ich werde sie töten müssen, damit sie nicht leidet. Heute hat das Kind dreimal getrunken.

SEITE 8

Gestern habe ich Elena unter einer Buche begraben. Sie ist weniger robust als die Eiche und morscher. Das

Geräusch der auf den starren Leichnam fallenden Erde und der Geruch ihres sich zersetzenden Körpers haben ein ersticktes Weinen in mir ausgelöst, so daß ich einen Moment glaubte, ich würde ebenfalls sterben. Aber Sterben ist nicht ansteckend. Die Niederlage schon. Und ich fühle mich als Überbringer dieser Epidemie. Egal wo ich hinkomme, wird es nach Niederlage riechen. Und an der Niederlage ist Elena gestorben, und an der Niederlage wird mein Sohn sterben, dem ich immer noch keinen Namen zu geben vermochte. Ich habe einen Krieg verloren, und Elena, bei der niemand je auf den Gedanken gekommen wäre, sie als Feind zu betrachten, ist in der Niederlage gestorben. Mein Sohn, unser Sohn, der nicht einmal weiß, daß er im Flackern der Angst empfangen wurde, wird an der Niederlage zugrunde gehen.

Ich habe einen großen weißen Stein auf ihr Grab gelegt. Ich habe nicht ihren Namen darauf geschrieben, denn ich weiß, wenn es noch Engel gibt, werden sie Elenas gütige Seele in einem Meer gütiger Seelen erkennen.

Ich versuche, mich an Verszeilen von Garcilaso zu erinnern, um an deinem Grab zu beten, Elena, aber selbst mein Gedächtnis läßt mich im Stich. Wie gingen sie noch?

(*Mehrere gescheiterte Versuche, das Gedicht niederzuschreiben, doch ist alles ausgestrichen, nur die folgenden Verszeilen sind noch zu entziffern:*)

Die Tränen, die an dieser Grabesstatt
heute fließen und geflossen waren,
nimm hin, kannst dort auch sie nicht pflücken,
bis mir eben jene ewig dunkle Nacht
die Augen schließt, die dich einst sahen,
und andere mir gibt, dich zu erblicken

SEITE 9

Ich weiß nicht, warum ich dieses Heft führe. Und doch bin ich froh, es mitgenommen zu haben. Hätte ich jemanden, mit dem ich sprechen könnte, würde ich es vielleicht nicht tun; ich verspüre ein morbides Vergnügen bei dem Gedanken, daß irgend jemand lesen wird, was ich schreibe, wenn man das Kind und mich tot auffindet. Ich habe einen Gedenkstein auf Elenas Grab angebracht, so wird man dreifach Gewissensbisse verspüren, mögen die Zeiten des Mitgefühls auch vorbei sein. Es ist sehr kalt. Bald wird es zu schneien anfangen und kein Weg mehr zu dieser Hütte führen. Ich werde den ganzen Winter haben, um mich zu entscheiden, welchen Tod wir sterben werden. Ja, ich glaube, die Zeiten des Mitgefühls sind vorbei.

SEITE 10

(*Eine Reihe Gesichter, sehr schlecht gezeichnet, aber offensichtlich Portraits, unter denen dreimal das Antlitz eines Kindes auftaucht, zweimal das einer Frau – beide Male dieselbe Frau – und verschiedene Gesichter alter Männer und alter Frauen, mit*

Mützen die einen, mit Kopftüchern die anderen, und ein Hund, dieser ganz. Unter all diesen Zeichnungen ein Satz: »Was ist aus euch geworden?«)

Die kranke Kuh muht und muht und gibt schon keine Milch mehr. Ich zögere, sie zu töten, solange sich noch keine Schneegruben gebildet haben, in denen ich sie konservieren kann. Brennholz gibt es genügend, und die andere werde ich mit Gras füttern, das ich aus dem Schnee grabe. Einzig der Bleistift macht mir Sorgen. Ich habe nur einen und würde gern das Nötige schreiben, damit der, der uns im Frühling finden wird, weiß, welche Toten er da gefunden hat.

(*In Druckschrift und Großbuchstaben der folgende Satz:* »ICH BIN EIN DICHTER OHNE VERSE.«)

SEITE II

Heute hat es den ganzen Tag geschneit. Diese Berge müssen der Wohnsitz aller Winter sein.

Das Kind lebt noch, und der Schnee rings um uns gleicht einem Leichentuch. Mit der toten Kuh habe ich ausreichend Fleisch, teils bewahre ich es geräuchert auf, teils hält der frühe Winter es gefroren. Glücklicherweise verfügen wir über reichlich Milch dank der lebenden Kuh, die inzwischen den Unterschlupf mit uns teilt und uns wärmt. Die Süßkartoffeln, die wir unterwegs in Perlunes gestohlen haben, halten sich gut unter dem Schnee, und dem Kind scheinen sie zu schmecken, nach der Gier zu urteilen, mit der es die Suppe zu sich nimmt, die ich ihm zubereite. Es ist erstaunlich, wie es den Platz im Raum langsam besetzt. Ich erinnere mich, wie es noch ein Fremdkörper in der Hütte war, etwas, das nicht hätte dort sein dürfen. Jetzt dreht sich alles in der Hütte um das Kind, als wäre es der Mittelpunkt. An sonnigen Tagen, die selten sind, reflektiert unser Bett das Licht wie ein Spiegel, und die Stille umschließt die Geräusche, die das Kind unablässig von sich gibt, sei es, weil es weint, sei es, weil es überrascht feststellt, daß es da einen nackten Fuß gibt, der durch die Luft schwebt, oder eine trübselige, resignierte Kuh an Stelle eines heimeligen Herdfeuers. Sein friedlicher, gleichmäßiger Atem gebietet der Einsamkeit Einhalt, die mich sonst besiegen würde.

SEITE 12

Ich habe eine halb von den Wölfen aufgefressene Bergziege gefunden. Es war noch viel übrig; heute werden wir die Reste essen. Aus den Knochen und Innereien habe ich eine milde Suppe gekocht, die dem Kind gut bekommt.

(*Hier macht sich eine entscheidende Veränderung in der Schrift bemerkbar. Sie bleibt ordentlich, doch die Züge sind etwas gehetzter. Oder zumindest unentschlossener. Möglicherweise ist einige Zeit verstrichen.*)

Würden meine Eltern mich wiedererkennen, wenn sie mich erblickten? Ich kann mich nicht sehen, aber ich fühle mich schmutzig und verkommen, denn im

Grunde bin ich ja mittlerweile auch ein Sohn dieses Krieges, den sie nicht wahrhaben wollten, obwohl er ihre Ställe, ihre mageren Kühe und ihre Saat mit Angst überflutete. Ich erinnere mich an mein stilles, armes Dorf, abgeschieden von allem, nur nicht von der Angst, wo sie die Augen schlossen, als man Don Servando tötete, meinen Lehrer, alle seine Bücher verbrannte und für immer alle Dichter verbannte, die er in seinem Gedächtnis trug.

Ich habe verloren. Aber ich hätte gewinnen können. Ob es einen anderen an meiner Stelle gibt? Ich werde meinem Sohn, der mich ansieht, als verstünde er mich, erzählen, daß ich meine Feinde nicht wehrlos hätte fliehen lassen, daß ich niemanden allein dafür verurteilt hätte, ein Dichter zu sein. Mit Bleistift und Papier habe ich mich aufs Schlachtfeld gestürzt, und aus meinem Körper sprudelten Worte, die die Verwundeten trösteten, und dem Trost, den ich zeichnete, entsprangen bestialische Generäle, die die Verwundeten rechtfertigten. Verwundete, Generäle, Generäle, Verwundete. Und ich, mitten darin, mit meiner Poesie. Komplize. Und dazu: die Toten.

SEITE 13

(*Ein durchgestrichener und damit unleserlicher Satz. Der Text dieser Seite steht auf dem Umriß einer Kinderhand. Möglicherweise diente die Hand des Kindes als Schablone. Doch er schrieb darüber:*)

Die Zeit ist vergangen, und ich könnte die Tage nicht zählen, denn sie ähneln sich einer dem anderen so sehr, daß es mich überrascht, wie das Kind wächst. Ich lese erneut in meinem Heft und sehe, daß ich nicht mehr bin, wo ich war. Und wenn mir der Zorn abhanden kommt, was bleibt mir dann? Der Winter ist eine verriegelte Kiste, in der sich die Schneestürme überstürzen, und diese Berge gleichen weiterhin dem Ort, wo der Winter die Winter verbringt. Auch meine Traurigkeit hat sich mit der Kälte verhärtet. Mir bleibt nur die Angst, die mir solche Angst machte. Ich habe Angst, daß das Kind krank wird, ich habe Angst, daß die Kuh stirbt, die ich kaum noch ernähren kann mit den ausgegrabenen Wurzeln und dem wenigen Gras, das der Schnee noch grün überraschte. Ich habe Angst, krank zu werden. Ich habe Angst, daß uns jemand hier oben auf dem Berg entdeckt. Ich habe Angst vor soviel Angst. Aber das Kind weiß es nicht. Elena!

Der Wind schrillt nachts in diesen Bergen mit geradezu menschlichen Schreien, als wolle er dem Kind und mir vormachen, wie Menschen klagen sollten. Zum Glück hält die Hütte allen Stürmen stand.

SEITE 14

Heute habe ich einen Wolf getötet! Vier sind bis an die Hütte herangestreunt. Zuerst habe ich mich erschreckt, da ihr Futtertrieb ihnen eine fast menschliche Wildheit verleiht, aber dann habe ich mir überlegt, daß sie eine

Nahrungsquelle darstellen könnten. Als der größte Wolf begann, mit der Pfote an der Tür zu kratzen, habe ich sie vorsichtig einen Spalt geöffnet, gerade so weit, daß er den Kopf hineinstecken konnte, und habe mit der Tür seinen Hals eingeklemmt. Ein einziger Axthieb genügte. Mit der Axt, die mir als Türriegel dient, habe ich ihm solch einen Schlag versetzt, daß seine Freßgier mit seinem Blut verspritzte. Ich werde ihn essen und aus seinen Innereien etwas machen, das ich dem Kind einflößen kann. Das ist gut. Aber in meiner Nase war wieder der Geruch von Blut, in meinen Ohren das Geräusch des Todes, in meinen Augen erneut die Farbe der Opfer. Das ist schlecht.

(Auf dieser Seite befindet sich eine Zeichnung, die einen Wolf mit einem Kind auf dem Rücken darstellt; beide schweben heiter über einem Blumenfeld als würden sie fliegen.)

SEITE 15

Ein Wolf sagte einem Kind, mit seinem zarten Fleisch
würde er den Winter überdauern.
Das Kind sagte dem Wolf, er solle nur ein Bein essen,
zwar sei es noch zart,
doch würde es ihn bald gut gemästet brauchen,
denn es käme der Moment,
in dem es ihn, selbst einbeinig, nach einer Portion Rostfleisch
vom Wolf als Mahl verlangen würde.

Sie blickten sich an, berochen sich, und es tat
ihnen so leid,
sich Schmerz zufügen zu müssen,
daß sie übereinkamen, die Szene zu wiederholen
und sich den Trugschluß zu ersparen,
zum Überleben zweier Wesen, die sich mögen,
müsse es unerläßlich sein,
daß trotz ihrer Zuneigung die einen leben und
andere sterben.

(Die Schlußfolgerung:)
Beide verhungerten.

(Unter diesem Gedicht finden sich ein Pentagramm und eine Notenschrift, die nichts entspricht, das sich in Musik übertragen ließe. Mehrere Spezialisten haben vergeblich versucht, diese vorgebliche Partitur zu entziffern.)

SEITE 16

Es schneit. Es schneit. Es schneit. Ich bin so schwach, daß es mir immer schwerer fällt, Holz zu hacken, um diese Bretterbude zu heizen, in der die Kuh, das Kind und ich leben. Alle drei werden wir immer schwächer. Trotzdem ist das Kind, dem ich immer noch keinen Namen gegeben habe, erstaunlich lebhaft. Es gibt kehlige Laute von sich, wenn es wach ist, wie Gluckser. Einesteils mag ich es, wenn es wach ist, da ich durch seine völlige Abhängigkeit von mir eine Bedeutung erhalte, die mir noch nie jemand zugestanden hat, außer Elena. Andererseits richten mich seine Augen zugrunde, die riesig aus den Höhlen hervortreten, und seine fast bis auf Schädelform eingefallenen Wangen. Es ist sehr mager. Die Kuh ist auch sehr mager, aber sie gibt immer noch genug Milch für uns beide. Ich bin sehr mager und starr vor Kälte.

Ich weiß nicht, welchen Monat wir haben. Ob es schon Weihnachten ist?

Heute bin ich, den Spuren eines Tieres folgend, bis nach Sotre hinabgestiegen und habe unten im Tal ein paar Holzfäller gesehen. Eine vertraute, dichte Angst lebte erneut in mir auf. Inzwischen bin ich stolz auf meine Angst, denn am Ende dieses schauerlichen Krieges habe ich zu viele Menschen aus Schneid sterben sehen. Wenn ich hierbleibe, werden die Kuh, das Kind und ich sterben. Wenn wir ins Tal hinuntersteigen, werden die Kuh, das Kind und ich sterben.

SEITE 17

Ich habe viel darüber nachgedacht, aber ich will ihnen nicht die letzte Genugtuung des Sieges geben. Daß ich sterbe, mag gerecht sein, schließlich war ich nur ein schlechter Dichter, der das Leben in vom Tod heimgesuchten Schützengräben besungen hat. Aber daß das Kind stirbt, ist nur notwendig. Wer wird ihm von der Haarfarbe seiner Mutter sprechen, von ihrem Lächeln, der Anmut, mit der sie bei jedem Schritt der Luft auswich, um sie nicht zu streifen? Wer wird ihn um Verzeihung bitten, gezeugt worden zu sein? Und wenn ich überlebe, was soll ich ihm von mir erzählen? Daß Caviedes ein kleines, an einem Berghang klebendes Dorf ist, in dem es nach Meer und Brennholz riecht, daß ich einen Lehrer hatte, der mir Gedichte von Góngora und Machado rezitierte, daß ich Eltern hatte, denen es nicht gelang, mich in ihrem Stall zurückzuhalten, daß ich nicht weiß, was ich mitten im Krieg in Madrid suchte … ein Poet unter Kugeln? Ganz genau, mein Sohn! Ich wollte ein Poet unter Kugeln sein!

Und jetzt dein Totengräber!

(Eine feste, tiefe Linie unterstreicht diesen letzten Satz, zerschlitzt sogar das karierte Papier des Heftes mit dem schwarzen Wachstuchumschlag.)

SEITE 18

Ich bin nicht in der Lage, die Kuh weiter zu ernähren, und die Kuh ist nicht in der Lage, weiter das Kind zu ernähren. Ich schürfe unter dem Schnee auf der Suche nach Grashalmen, die immer mickriger werden, immer weniger. In den gefrorenen Wurzeln der Haselnußsträucher habe ich Knollen gefunden, aus denen ich eine Paste stampfe, die nach nichts schmeckt, aber gekocht und zu Brei gerührt gebe ich sie der Kuh und dem Kind. Ich weiß nicht, ob es nahrhaft ist, aber ich flöße ihm meinen Speichel ein, und es überlebt. Obwohl es sehr schwach ist, versucht es schon, sich zu rühren, doch ihm fehlen die Kräfte. Es krümmt sich rückwärts, nur auf Kopf und Füßen abgestützt. Doch gleich darauf fällt es zurück. Wenn ich könnte, würde ich ins Tal hinuntersteigen, um nach Nahrung zu bitten, aber aus diesen Bergen gibt es kein Entkommen. Ich bin in einem Dorf geboren, in dem es niemals schneite, und niemand hat mir beigebracht, wie man den lautlosen Schnee durchdringt. Wenn ich mich weiter als gewohnt von der Hütte entferne, sinke ich bis zur Taille ein und brauche eine Ewigkeit, um mich der weißen Falle zu entwinden. Was die Wölfe von der toten Kuh gelassen haben, ist so hart, daß es mir nicht einmal mit der Axt gelingt, etwas auszulösen. Sie ist mit Schnee bedeckt, zum Glück, denn gestern habe ich versucht, sie freizulegen, um in ihren Überresten ein mageres Stückchen zu finden, und

SEITE 19

bin auf ein Tier gestoßen, halb Skelett, halb zerfetztes Fleisch, das seinen Hals vorstreckte wie in einem vergeblichen Fluchtversuch. Die Rippen, die wenigen noch übrigen, bilden eine Höhlung, die der Seele bestimmt zu sein scheint. Aber auch die Seele haben die Wölfe vertilgt. Und ich. Und das Kind.

(*Hier ist eine Zeichnung, die den stilisierten Kopf einer Kuh darstellen soll, langgezogen wie ein Pfeil, der in die Luft aufstrebt. Darunter steht:*

»Wo mag der Himmel der Kühe sein?«)

Ich würde die andere Kuh töten, solange noch etwas

Fleisch an ihr ist. Aber ich könnte sie nicht lagern. Wenn ich sie in die Schneegruben lege, würden die Wölfe, die unablässig herumstreichen, ihre Witterung aufnehmen. In der Hütte gelingt es mir, eine Temperatur aufrechtzuerhalten, bei der ihre Überreste rasch verderben würden. Ob die Kuh glaubt, daß ich sie vor den Wölfen rette, oder weiß sie, daß die Wölfe sie vor meiner Axt retten? Vielleicht durchschaut sie die Wahrheit und gibt deshalb keine Milch mehr.

(Hier eine Reihe Blätter, neun, die gleichzeitig herausgetrennt wurden, denn alle weisen das gleiche Profil auf. Ein sorgfältiger Schnitt ohne Einrisse. Bei der Numerierung der folgenden Seiten wurden die fehlenden Blätter nicht berücksichtigt.)

SEITE 20

Das Kind ist krank. Es bewegt sich kaum. Ich habe die Kuh getötet und gebe ihm ihr Blut. Doch es kann fast nichts hinunterschlucken. Ich habe Fleischstücke und Knochen zu einer sämigen dunklen Brühe gekocht. Mit Schneewasser verlängert, flöße ich sie ihm ein. Wieder einmal riecht alles nach Tod.

Es ist ganz heiß. Ich schreibe mit ihm auf dem Schoß; es schläft. Wie ich es liebe! Ich habe ihm ein trauriges Lied von Frederico vorgesungen

Klage eines Totenkopfs
der eines goldenen Kusses harrt.

(Draußen düstrer Wind
und verhangene Sterne).

Ich erinnere mich schon nicht mehr an die Gedichte, die ich vor den Soldaten deklamierte. Das erste, was an Hunger stirbt, ist das Gedächtnis. Es gelingt mir nicht, auch nur einen Vers zu schreiben, und doch hallen in meinem Kopf tausend Wiegenlieder. Alle haben denselben Text: Elena!

Heute habe ich ihn geküßt. Zum ersten Mal habe ich ihm einen Kuß gegeben. Ich hatte meine Lippen vergessen, so lange habe ich sie nicht benutzt. Was wird er wohl gefühlt haben bei diesem ersten Kontakt mit der Kälte? Es ist schrecklich, er muß bereits drei oder vier Monate alt sein, aber bis heute hat ihn noch niemand geküßt. Er und ich wissen, wie lang die Zeit ist ohne einen Kuß, und jetzt bleibt uns wahrscheinlich nicht mehr genug, um sie nachzuholen. Die Angst, die Kälte, der Hunger, die Wut und die Einsamkeit verdrängen die Zärtlichkeit. Wie ein Rabe kehrt sie nur zurück, wenn sie Liebe oder Tod wittert. Und jetzt ist sie verwirrt zurückgekehrt. Sie wittert beides. Gibt es weiße Zärtlichkeiten und schwarze Zärtlichkeiten? Elena, welche Farbe hatte deine Zärtlichkeit? Ich erinnere mich nicht mehr an sie, ich weiß nicht einmal mehr, ob das, was ich empfinde, Schmerz ist. Aber ich habe ihn geküßt, ohne zu versuchen, dich zu ersetzen.

SEITE 21

Es riecht nach Verdorbenem. Trotzdem erinnere ich mich nur an den Geruch von Fenchel.

(*In klobigen Großbuchstaben steht über dem Rest der Seite* ACH, OHNE DICH IST NICHTS *in flüchtigem Schriftzug.*)

SEITE 22

Der Bleistift war verschwunden (der Stummel, der von ihm übrig ist), und ich konnte einige Tage nicht schreiben. Auch das ist Stille, auch das ist ein Knebel. Aber als ich ihn heute unter einem Stapel Brennholz fand, hatte ich das Gefühl, die Sprache wiederzuerlangen. Ich weiß nicht, was ich fühle, bis ich es in Worte fasse, das muß meine bäuerliche Herkunft sein. Heute habe ich lange auf einem blattlosen Baumstumpf gekauert und versucht, die Spuren eines Tieres auszumachen, das uns als Nahrung dienen könnte. Vor mir erstreckte sich eine endlose weiße Landschaft ohne Kanten, von einem zähen kalten Wind gewiegt, dessen Pfeifen die Stille nur noch eindringlicher macht. Und während ich dort ausharrte und beobachtete, spürte ich etwas, das ich nicht zu identifizieren vermochte, das ich nicht einmal gut oder schlecht hätte nennen können. Jetzt, da ich meinen Bleistift gefunden habe, weiß ich, was es war: Einsamkeit.

Ich habe das Gefühl, alles wird ein Ende haben, wenn das Heft zu Ende geht. Deshalb schreibe ich nur von Zeit zu Zeit. Mein Bleistift muß auch den Krieg verloren haben, vermutlich wird das letzte Wort, das er schreibt, »Melancholie« sein.

SEITE 23

Das Kind ist tot, und ich werde es Rafael nennen, nach meinem Vater. Mir blieb nicht genug Wärme, um es am Leben zu halten. Es hat von seiner Mutter gelernt, ohne Aufhebens zu sterben, und heute morgen wollte es meine belebenden Worte nicht hören.

(Auf dem Rest der Seite steht, in einer wesentlich sorgfältigeren Schrift als bisher, geradezu kunstvoll, immer wieder »Rafael«, »Rafael«, »Rafael«, *dreiundsechzigmal. Das R von Rafael ist stets ein vertikaler Schnörkel, umschlossen von einer bauchigen Linie, die links ansetzt, aufsteigt und sich rechts in einem Bogen wölbt, der den vertikalen Strich auf etwa halber Höhe trifft, erneut von ihm fortspringt wie ein gestärkter Rock und nach unten ausläuft. Man kann es zugleich als englisches und gotisches R lesen.)*

SEITE 24

(*Wieder* »Rafael«, »Rafael«, *zweiundsechzigmal.*)

SEITE 25

(*Wieder* »Rafael«, *mit demselben Schriftzug, aber viel kleiner, hundertneunzehnmal.*)

SEITE 26

(*Dies ist nicht mehr mit demselben Bleistift geschrieben, der wahrscheinlich aufgebraucht war, sondern mit einem angebrannten Holzscheit oder ähnlichem. Es läßt sich kaum lesen, da der Verfasser mit der Hand darübergewischt hat, als habe er es auslöschen wollen. Wir vermuten also, daß wir richtig entziffert haben, was wir mit diesen Einschränkungen hier wiedergeben.*)

»Infamer Schwarm nächtlicher Vögel.«

(Anmerkung des Herausgebers: *Im Jahr 1954 begab ich mich in der Provinz Santander in ein Dorf namens Caviedes. Tatsächlich klebt es an einem Berghang und riecht nach dem nahen Meer, obwohl man es von dort nicht sehen kann, da es einem Talkessel zugewandt ist. Ich erkundigte mich hier und da und erfuhr, daß der Lehrer, Don Servando genannt, 1937 als Republikaner hingerichtet wurde und daß sein bester Schüler, der sich mit unmäßiger Leidenschaft der Poesie verschrieben hatte, 1937 mit sechzehn Jahren in die republikanische Zone geflüchtet war, um sich der Armee anzuschließen, die schließlich den Krieg verlor. Weder seine Eltern, die Rafael und Felisa hießen und mit dem Ende der Kampfhandlungen starben, noch sonst jemand hörte je wieder von ihm. Er stand im Ruf, verrückt zu sein, weil er Gedichte schrieb und deklamierte. Sein Name lautete Eulalio Ceballos Suárez. Wenn er der Verfasser dieses Hefts war, schrieb er es mit achtzehn Jahren, und für mein Empfinden ist das kein Alter für so viel Leid.*)

DRITTE NIEDERLAGE: 1941
oder
Die Sprache der Toten

BENOMMEN WIE MAN eine Zauberformel ausspricht, sagte der Cellolehrer Juan Senra ja und rettete, ohne es zu wissen, vorübergehend sein Leben.

»Sie kannten ihn wirklich?« fragte Oberst Eymar, schüttelte seine Schläfrigkeit ab und neigte sich dem Angeklagten mit plötzlichem Interesse entgegen, ungefähr wie ein Insektenforscher, der einen winzigen kriechenden Punkt in Augenschein nimmt.

»Ja.«

»Ja, Herr Oberst«, donnerte der Oberst.

»Ja, Herr Oberst.«

Juan Senra war seit dem Morgengrauen auf den Beinen, in einem blauen Overall und einem zerschlissenen Pullover, durch den die Kälte eindrang und die Angst ausströmte. Seine extreme Magerkeit, sein Adamsapfel, der bei jedem Schlucken einen erschrockenen Satz machte, und eine Mutlosigkeit, die auf seine Schultern drückte und ihn niederkrümmte, hatten ihn in das Wundmal eines Menschen verwandelt, der seinen Blick nicht mehr heben konnte, ohne Übelkeit zu verspüren.

»Wo?«

»Im Gefängnis von Porlier.«

Oberst Eymar war winzig klein. Seine Hände schauten gerade so weit aus den Ärmeln hervor, daß sie stets eine brennende Zigarette zwischen Zeige- und Mittelfinger halten konnten, die in schmutzig vergilbten, wie von der Hitze des Tabaks verglimmten Nägeln endeten. Ein dürrer Geierhals ragte aus dem erhabenen Stehkragen seiner Kriegsuniform, die für einen Kriegsherrn zu weit und zu abgetragen war. Doch als mannhafter Kontrast zu soviel Abgedientheit versah ihn ein schmaler horizontaler Schnurrbart, perfekt parallel zum Boden, wenn nicht mit Ingrimm, so doch mit einer gewissen Unfähigkeit zum Lächeln. Und dazu die Medaillen – ein ganzes Sortiment, die seine Brust eher panzerten als schmückten.

»Im Gefängnis von Porlier, Herr Oberst!« befahl er schneidend.

»Im Gefängnis von Porlier, Herr Oberst.«

»Wann?«

»Im Mai 1938 wurde er aus der Tscheka von Chamberi dorthin verlegt, Herr Oberst.«

Das Tribunal bestand aus drei Offizieren, doch Hauptmann Martínez und Leutnant Rioboo hörten auf, Fragen zu stellen, lehnten sich in ihren Stühlen zurück und ließen ihren Ranghöheren die Sache allein in die Hand nehmen.

Neben dem Angeklagten, den nur die starre Angst aufrechtzuhalten vermochte, unterbrach Oberleutnant Alonso, der schläfrig als Sekretär des Tribunals fungierte, von den Antworten des Gefangenen abgelenkt, vorübergehend seine bunten Zeichnungen sich überschneidender Flaggen, die ein endloses Feld sorgfältig drapierter Standarten bildeten. Vielleicht lag es an dem Schulpult, an dem er saß, daß er sich geradehielt wie ein gewissenhafter Schüler. Er sah zu Oberst Eymar, doch als dieser seinen Blick nicht erwiderte, wandte er sich sofort wieder der Aufgabe zu, die den Mast der zuletzt gezeichneten Flagge krönende Spitze auszuschraffieren. Er war ein dickleibiger Albino, Eigenschaften, die sich gewöhnlich widersprechen, in diesem Fall jedoch zusammenfielen und Oberleutnant Alonso eine gewisse Ähnlichkeit mit einem Schneemann verliehen.

»Und Sie heißen …«

Juan Senra nannte seinen Namen, verschwieg seinen Dienstrang und erklärte, daß er dem Sanitätskorps im Gefängnisdienst angehört hatte. Das war nicht die ganze Wahrheit, aber er log nicht. »1936 studierte ich am Konservatorium und im dritten Jahr Medizin, deshalb wurde ich dieser Diensteinheit zugeteilt, Herr Oberst.«

Aber der Herr Oberst beachtete ihn nicht weiter, denn er suchte in der Liste vor sich den Namen des Angeklagten. Er gewann damit keine Zeit, die brauchte er nicht, aber er wollte etwas mehr über diesen Besiegten wissen, den er zum Tode verurteilen würde und der seinen Sohn gekannt hatte. Juan Senra Sama, Freimaurer, Mitbegründer der Volksarmee, Kommunist, Junggeselle und Kriegsverbrecher. Geboren 1906 in Miraflores de la Sierra, Madrid. Sohn von Ricardo Senra, Freimaurer, und Servanda Sama, verstorben.

»Und haben Sie mit ihm gesprochen?«

»Ja, mehrmals. Das letzte Mal an dem Tag, an dem er hingerichtet wurde.«

»Herr Oberst!« insistierte der Oberst trotz seiner Betroffenheit.

»Mehrmals, Herr Oberst.«

Und klar wie die Scherben zerbrochenen Kristalls entstiegen Eymars Gedanken dem Nebel. Jeden Morgen, wenn seine Frau, Violeta, ihm den abgedienten Mantel über seine abgedienten Schultern zu legen half, wiederholte sie: »Denk an Miguelito.« Wenn sein Bursche ihn im Beiwagen des Motorrads zum Tribunal zur Unterdrückung von Freimaurerei und Kommunismus fuhr, dachte er an Miguelito. Wie hätte er Miguelito vergessen können? Der Held seiner Familie, einzig dafür gestorben, gerächt zu werden.

Um des reibungslosen Ablaufs der Gerichtsprozeduren willen hielt er sich normalerweise nicht mit Nuancen auf, denn die Militärjustiz gelangt zu farblosen Schlüssen, und vielleicht wurde er deshalb rot, als er den Häftling wissen ließ, daß Miguel Eymar sein Sohn war.

»Und wovon sprach er?«

»Von Ihnen, Herr Oberst.«

»Von Euer Gnaden, Herr Oberst!« berichtigte der abgetakelte Offizier schroff, um unmißverständlich klarzustellen, daß er zunächst Richter und dann erst Vater war.

»Von Euer Gnaden, Herr Oberst«, wiederholte Senra folgsam. Die Zeit stand einige Augenblicke still. Die drei Mitglieder des Tribunals verharrten reglos wie in einem plötzlichen Bann aus Schweigen und Stille, zu dem nur ein leichtes Beben an Eymars Kinn nicht so recht passen wollte. Juans Adamsapfel, der jedes Mal, wenn er nach Speichel schluckte, um die Trockenheit in seinem Mund zu lindern, auf- und absprang, war das einzige, das sich in dem Saal rührte.

»Und sprach er vom Vaterland? Sprach er von Spanien?« fragte er, nur um die Befangenheit zu überspielen, die seine Kehle hochkroch und seine autoritäre Stimme zu einem dünnen, dem Weinen nahen Stammeln werden ließ.

Senra war es nicht ganz geheuer, eine Spur Wahrheit in seine Antworten zu mischen, als könnte der Kontrast ihn verraten, aber er gab zu, daß von Spanien, nein, Herr Oberst. Und die Zeit nahm ihren Kurs wieder auf: Der Albino-Sekretär zeichnete weiter Flaggen, und die Mitglieder des Tribunals, alle drei in ihren Stühlen zurückgelehnt, gestanden sich mit wortlosen Blicken ein paar Bedenkminuten zu. Sie hatten Hunderte von Vaterlandsfeinden befragt und zum Tode verurteilt, und alle hatten irgendwann die Frage gestellt bekommen, ob sie Miguel Eymar gekannt hatten. Die Antwort war immer die gleiche gewesen, und jetzt wußten sie plötzlich nicht, was sie mit Juan Senras Replik anfangen sollten.

Leutnant Rioboo, um die besten Absichten bemüht, parierte ihn mit einem »Jetzt hör mal, du rote Drecksau, rück schon raus, oder sollen wir dich gleich zur Almudena schicken und einen Klafter tiefer setzen lassen?«.

Mit einem unterwürfigen, zum Oberst gerichteten Blick heischte er um Billigung, die ihm in Form eines autoritären, ratlosen Schweigens zugestanden wurde.

Der Sekretär zeichnete keine Flaggen mehr, fixierte aber reglos die Papiere, die auf der schrägen Schreibfläche vor ihm lagen. Auch Juan Senra brauchte Zeit, um eine Erinnerung zu rekonstruieren, die keines Gedächtnisses bedurfte, denn weder Schwäche noch Panik konnten ihn die wahre Geschichte von Miguel Eymar vergessen lassen.

Eine Photographie von General Franco mit Soldatenmütze hing, lächelnd und grausam, an der Wand neben einem Holzkreuz. In den leeren Saal, ein ehemaliges Klassenzimmer, nach der mächtigen Schiefertafel zu urteilen, die sich über die Vorderwand zog, drangen von außen die Geräusche energischer Geschäftigkeit in Form von unaufhörlich hallendem Türenschlagen, schneidenden Befehlen und eiligen Schritten. Aber hier drinnen herrschte Ruhe. Die drei Wachsoldaten verharrten wie Statuen am Ende des Raums, nicht wie Kriegerstatuen, sondern in der gänzlich unepischen Bewegungslosigkeit der Erschöpfung.

Juan erinnerte sich an zuviele Dinge gleichzeitig und wurde von zuvielen Ängsten heimgesucht, um sich auf den Beinen zu halten. Er stützte sich mit einer Hand auf dem Pult des Sekretärs ab, das sich zu seiner Rechten befand, in dem Versuch, dem Schwindel standzuhalten, doch der Standartenzeichner versetzte ihm einen ungerührten Schlag mit der flachen Hand, worauf er das Gleichgewicht verlor und längs über dessen Heft fiel. Der nächste Schlag ging auf seinen Rücken nieder, während der Albino schrie: »Stillgestanden, du Dreckskerl!« Er hätte schneller reagieren können, doch richtete er sich mit einer schmerzvollen Schwerfälligkeit auf. »Jawohl«, brachte er gerade noch über die Lippen. Dann sank er nieder, flaumig wie die Lider eines Äthertrinkers, und blieb eingerollt auf dem Boden liegen.

Es war sehr kalt.

Teils der Hunger, teils der Schmerz, teils die Angst, teils das Stigma des Besiegten hielten Juan Senra in einem halb besinnungslosen Zustand, zu dem die Bewegungen durchdrangen, aber nicht die Worte. Zwei Männer zerrten ihn an den Füßen bis zu einem feuchten, dunklen Ort, an dem sich andere regungslose Gestalten befanden. Die Tür fiel krachend ins Schloß, und bevor er ganz das Bewußtsein verlor, legte ihm jemand den Arm um die Schulter, richtete ihn auf und fragte Juan: »Was haben sie dir getan?« Er fühlte sich beschützt, als er hörte, daß man ihn beim Namen nannte, und ließ sich ganz von der Ohnmacht umfangen.

Als man ihn in der Dämmerung mit einer Schar Häftlinge ins Gefängnis transportierte, begriff er nicht ganz, warum alle anderen in den vierten Stock geschickt wurden, er aber in den zweiten. In dem Gefängnis herrschte eine perfekt etablierte Hierarchie: Im zweiten Stock warteten die, die zum Tode verurteilt würden, im vierten zählten die, die bereits verurteilt waren, ihre letzten Minuten.

Von den beinahe dreihundert Männern, die sich in dem zur Gemeinschaftszelle umfunktionierten Korridor drängten, umringte ihn über die Hälfte bei seinem Eintreten und bestürmte ihn mit Fragen, die das Unerklärliche zu ergründen versuchten. Haben sie dich freigesprochen? Was ist passiert? Wie bist du da rausgekommen? Was haben sie mit dir gemacht …? Es mußte einen schwerwiegenden Grund dafür geben, in den zweiten Block zurückzukommen.

»Ich weiß nicht, ich bin ohnmächtig geworden, und sie haben mich wieder hierhergebracht.«

»Haben sie dich gefoltert?«

»Nein, es war die Angst, nehme ich an.«

Wäre sein Atem länger gewesen, hätte er versucht, das Vorgefallene zu erklären, doch er konnte seine Scham nicht überwinden und schwieg. Ist etwas unerklärbar, kommt das Nachsinnen über einen plausiblen Grund einer Lüge gleich, denn diejenigen, die sich zu Wahrheitsverwaltern berufen fühlen, pflegen mangelnde Präzision Lüge zu nennen. Daher schwieg er, damit Eduardo López die Fakten ordnen konnte, ohne sie verstehen zu müssen.

Eduardo López war Mitglied des Politbüros der Kommunistischen Partei, und seine Arbeit als Organisator des Widerstands in Madrid hatte ihm während der letzten Kriegsmonate eine gewisse Popularität eingebracht. Er wurde an der Südfront gefangengenommen und hatte nicht den geringsten Zweifel darüber, welches Schicksal ihn erwartete. Dennoch versuchte er unbeirrt, das Leben der Häftlinge zu organisieren, Aufgaben zum Beistand der Elendsten zu verteilen und vor allem, ihr Leid politisch zu rechtfertigen.

Zu diesem Zweck sorgte er für eine gewisse Disziplin bei den Diskussionen, die er selbst animierte, forderte von den Gebildeteren, Vorträge über Themen zu halten, die den Gefangenen die Zeit vertreiben mochten, und vertrat, als Linderung so großer Pein, die Idee, daß sie um einer gerechten Sache willen dort waren. Niemandem war das ein Trost, aber alle waren dankbar, daß es jemanden gab, der so viele tote Seelen lebendig halten wollte.

Da er ihre Antworten guthieß, befanden diese bleichen, ausgezehrten, durchgefrorenen Männer ihre Neugierde für befriedigt. Die Angst findet für fast alles eine Erklärung.

Juan Senra kauerte sich neben seine Kameraden, den Aluminiumnapf gegen die Brust gepreßt. Der bedeutete, daß er zumindest ein weiteres Mal essen würde, und das kam dem Lebendigsein schon sehr nahe. Der Schmerz des Schlags, den der Albino ihm verpaßt hatte, verwischte sich in einer Unzahl von Schmerzen, und darüber hinaus belauerte ihn die Erinnerung mit anderen so fruchtlosen Qualen wie der Melancholie.

Er hatte seinem Bruder geschrieben, um ihm Lebewohl zu sagen, ohne sich zu verabschieden, und nun bereute er es. Er hätte ihm vieles zu sagen gehabt, und dennoch hatte er sich darauf beschränkt, gemeinsame Erinnerungen aufzuzählen, als existiere eine Vertrautheit nur in der Erinnerung. Jetzt, nachdem er vor dieser Parodie eines Tribunals gestanden, da er den Schlund der Hölle erblickt hatte, wußte er, daß es ein Fehler gewesen war, nicht von Gefühlen zu sprechen.

Er vermißte seinen halbwüchsigen Bruder, so unberührt von all dem, langsam in der Lage, das Grauen wahrzunehmen, aber noch unfähig, es in sein Leben zu integrieren.

Die Stille stülpte sich über die Stille, und alle Gespräche verloren sich in einer Dunkelheit voll ferner Echos. Bis zum Morgengrauen würde es kein Leben mehr geben, und das Leben begann als Vorbote des Todes. Alle wußten, daß um fünf Uhr morgens die ersten Vor- und Nachnamen durch den Hof hallen und die Aufgerufenen auf ein paar Lastwagen steigen würden, um zum Almudena-Friedhof gefahren zu werden, von dem keiner zurückkam. Aber diese Namen galten nur für den vierten Stock, ihnen, denen vom zweiten, verblieb noch eine Formalität: vor Oberst Eymar zitiert und unweigerlich verurteilt zu werden. Aber das bedeutete Zeit, und die Zeit läuft nur für die Lebenden.

Sie wußten von dem Leutnant Kaplan, daß nicht alle zum Tode Verurteilten zwangsläufig vors Erschießungskommando kamen. Die Intervention von Familienangehörigen, besondere Empfehlungen, willkürliche Gnadenerlasse reduzierten die Zahl der Exekutierten Monat für Monat. Man wußte von vielen, die aus dem vierten Stock ins Gefängnis von Dueso kamen oder nach Ocaña oder Burgos. Deshalb dachten alle nur daran, daß die Zeit vergehen möge, daß sie so langsam und grausam verrinnen möge wie sie wollte, aber eine weitere Woche, einen weiteren Tag, selbst eine weitere Stunde bringen möge. Sicherlich war das der Grund, warum sich alle bemühten, möglichst nicht aufzufallen, in dem schmutzigen Grau der Kollektivzelle unterzugehen.

Während der ersten Monate, als die Kälte ihnen noch nicht in den Knochen saß, gab es immer irgendeinen, der, an die Gitterstäbe der zum Hof hinausgehenden Fenster geklammert, es lebe die Republik schrie, wenn die vom vierten Stock im Morgengrauen auf die Lastwagen stiegen. Leb wohl, Kamerad, Leb wohl, mein Freund! Wir werden dich rächen. Doch nach und nach erloschen diese Gesten, so wie die Morgendämmerung mit der Zeit immer dunkler wurde.

Am nächsten Tag wurde Juan Senra nicht vors Gericht zitiert. Andere gingen, und keiner kam zurück. Juan aß zweimal mehr die lauwarme Brotbrühe und half einem noch bartlosen Jungen, dessen Kopfhaut durch das viele Kratzen schon voller Pusteln war, beim Entlausen. Wenn du so weitermachst, bekommst du noch eine Glatze, sagte er zu ihm. Der Junge machte eine

Bemerkung über Totenschädel, die Juan Senra nicht verstand, aber er lächelte, als habe er sie lustig gefunden. Jemand sagte ihm, daß Unteroffizier Sánchez einen Nissenkamm habe, und so machte er sich daran, sorgsam die Haarsträhnen des Jungen durchzukämmen, der ihm zum Dank ein Photo seiner Verlobten zeigte.

»Nicht schlecht, was? Sie stammt aus Segovia, aber sie ist für eine Stelle nach Madrid gekommen, und, tja ...« Er machte eine zugleich anzügliche und zärtliche Miene.

Sie konnten ihr Gespräch nicht fortsetzen, da ihn jemand zum Eingangsgitter rief. Ein vor Angst gealterter und vor Entbehrungen zahnloser Gefreiter gab ihm einen offenen Umschlag zurück, auf dem mit Bleistift eine Adresse stand. Es war der Brief, den Juan seinem Bruder geschrieben hatte, bevor er Oberst Eymar vorgeführt wurde. Geöffnet und fleckig wurde er ihm jetzt wieder ausgehändigt.

»Dieser Brief kann so nicht verschickt werden. Und du hast Glück, daß du überhaupt noch mal einen schreiben darfst.«

»Wer sagt das?«

»Der Leutnant Kaplan.«

Abgesehen von *»Mein lieber Bruder Luis«* und *»erinnere dich immer an mich, Dein Bruder Juan«* waren alle Sätze energisch durchgestrichen, sogar die, in denen er von Kälte und schwacher Gesundheit sprach, von der Sanftheit ihrer toten Mutter oder den Pappelwäldern von

Miraflores. Für Menschliches gab es keinen Platz. Es war, als wollten sie ihn keinen Abschied nehmen lassen.

Er ging zu dem Jungen mit den Läusen zurück, machte einen Scherz über seine Handschrift und setzte seine unterbrochene Tätigkeit fort.

Juan beobachtete seine Hände, so unbrauchbar, um diesen verlausten Schopf zu lichten. Wie war es möglich, daß sie einst mit Präzision jene Arpeggien hervorgebracht hatten, hinter denen sich Bach verbarg? Inzwischen hatten die Frostbeulen alle Geschmeidigkeit vernichtet. Sie taugten nur noch für den Nissenkamm. Trotzdem versuchte er sich in einer liebevollen Geste auf dem Haupt des noch bartlosen Jungen, der sich ihm nicht entzog. Sie unterhielten sich.

Er hieß Eugenio Paz, war sechzehn Jahre alt und in Brunete geboren. Sein Onkel war Besitzer der einzigen Bar des Dorfes, wo seine Mutter bediente, die, obwohl Schwester des Besitzers, eine erniedrigende Behandlung erfuhr, so aufopfernd sie sich auch um Küche und Sauberkeit des Lokals kümmerte. Schneeweiß mußte sie es halten. In einem solchen Drecksdorf! Als der Krieg ausbrach, wartete er, bis sein Onkel Partei ergriffen hatte, um sich umgehend der Gegenseite anzuschließen.

Er sah aus wie ein kleiner Junge, der nie erwachsen werden würde. Als könne der harsche Schatten des Gefängnisses ihm nichts anhaben, war an seinem braungebrannten Gesicht nichts Scharfliniges, Kantiges, denn Ernsthaftigkeit und Traurigkeit waren ihm ebenfalls verwehrt. Pummelig und mittelgroß, kräuselte er beim Sprechen stets die Lippen, als bereue er immer schon im voraus, was er sagte. Aber dem war nicht so, denn seine blauen Augen blickten unverwandt in die ihres Gegenübers und verwandelten jede Banalität in handfeste Wahrheiten. Etwas Gutmütiges, Unverbrauchtes sprach aus seinen Sätzen, die er jedes Mal mit volkstümlichen Redewendungen und abgemilderten Flüchen spickte.

Er nahm am Krieg teil wie an einem Spiel, in dem es einzig darum ging, daß der Gegner nicht gewann, ohne Ideale, ohne auch nur einen Gedanken an die Gründe seiner Parteinahme zu verschwenden. Und wie bei einem Spiel befolgte er die Regeln bis zum Schluß, als Heckenschütze beim Einmarsch der Truppen Francos in Madrid, wo jeder eingesammelt wurde, der sich nach draußen wagte. Von den Dächern der Gebäude aus begegnete er der siegreichen Armee mit der Taktik des Freischärlers und hielt sie bis zum dritten Tag des glorreichen Sieges in Atem. Als er schließlich gefangengenommen wurde, geschah es allerdings nicht bei der Ausübung seiner Widerstandstätigkeit, sondern weil er das von der neuen Obrigkeit verhängte Ausgangsverbot mißachtet hatte, um seine Freundin zu treffen, die in einem Hausflur im Viertel Salamanca auf ihn wartete, wo sie ihr stilles, dunkles Liebesnest eingerichtet hatten, das sie mit leidenschaftlicher Regelmäßigkeit nutzten.

Trotzdem war er zufrieden, hatte er doch, solange er sich noch in Freiheit befand, über drei Tage verfügt, in denen er die Spielregeln bestimmte, zwischen Guten und Bösen unterschied, richtete und freisprach, verurteilte und exekutierte, einer Ordnung gehorchend, die, wie er glaubte, andere festgelegt hatten.

Nun im Gefängnis hatte er gelernt, daß all das sich Krieg nannte und man, egal, wie geschickt er über Regentraufen zu entwischen vermochte, wie wendig er von Dach zu Dach springen konnte, wie sehr er sich über jeden Schuß auf den Gegner gefreut hatte, von einer Niederlage sprechen mußte. Doch am meisten machte ihm zu schaffen, daß seine Freundin aus Segovia schwanger war. »Die dumme Kuh glaubt bestimmt, ich habe eine andere …«, sagte er wehmütig.

Juan war sich bewußt, daß er ihn unter anderen Umständen liebgewonnen hätte. Jetzt begnügte er sich mit seiner Gesellschaft, die sanft und ursprünglich war inmitten der zähen kollektiven Traurigkeit. Als hätte er beim Kastanienschießen verloren, betrachtete Eugenio seine Gegner nicht als Feinde. Diesmal hatte er verloren, aber er würde schon noch einmal gewinnen. Es war wie ein Glücksspiel für ihn, bei dem es weder Rache noch Schuldige gab. »Ich bin kein so schlechter Verlierer wie die da alle.«

Am nächsten Tag war Juan der erste auf der Liste. Es hatte sich als so schwierig erwiesen, an Bleistift und Papier zu kommen, daß er sich nicht von seinem Bruder hatte verabschieden können. Dieses Mal empfand er den Tod als überhastet.

Gemeinsam mit den anderen Aufgerufenen stellte er sich in eine Schlange, die bis in den Hof hinunterging, wo ein Gefängniswagen auf sie wartete, um sie zu dem von Oberst Eymar präsidierten Militärgericht zu bringen. Alle wurden vor ihm hineingeführt, und alle kamen zum Tode verurteilt wieder heraus. Als die Reihe an ihm war, folgte Juan Senra fügsam dem Ruf des Tribunals. Wie tötet man einen Toten? Bei diesem Gedanken überkam ihn ein unverhoffter Anflug von Hochmut, obwohl er besiegter nie war.

Als er den Saal betrat, stellte er fest, daß alles unverändert war: Oberst Eymar auf dem Podest, flankiert von Hauptmann Martínez und Leutnant Rioboo, und gegenüber an einem Schulpult der Flaggen ausmalende Albino. Nur neben der Eingangstür des Klassenzimmers saß auf einem wackeligen Thonetstuhl, die Handtasche auf dem Schoß und ernsten Blicks, eine in einen abgetragenen Persianermantel gehüllte, vorzeitig gealterte Frau, die ihn nicht aus den Augen ließ. Auf Befehl des Albino-Sekretärs nannte er seinen Dienstrang und blieb vor dem Podest stehen, ohne eine übermäßig steife Haltung einzunehmen, die man als Habachtstellung hätte auslegen können. Eine Handbewegung des Oberst unterbrach die routinemäßige Aufzählung der gegen ihn vorgebrachten Anklagen, und nach einem kurzen Schweigen:

»Sie haben also Miguel Eymar im Gefängnis von Porlier kennengelernt ...« Er tat, als suche er etwas unter den Papieren, während er auf die Antwort wartete, die eine Weile brauchte: »Jawohl, Herr Oberst.« »Und warum erinnern Sie sich unter so vielen Häftlingen gerade an ihn?«

»Weil er ein geschickter Taschenspieler war.«

»Herr Oberst!« brüllte Rioboo.

»Herr Oberst.« Aber der Blick des Oberst suchte einen anderen Blick am Ende des Raums, und einen Augenblick lang wirkte der Offizier so hilflos wie ein ausgesetzter Welpe. Nach einem versichernden Nicken ins Leere richtete sein gebrochener Blick sich erneut auf Juan Senra.

»Und warum war er im Gefängnis?« Juan hatte gewußt, daß dieser Moment irgendwann kommen und er auf diese Frage antworten mußte. Er fühlte sich schwach, und es kostete ihn Mühe, neben seinen Schmerzen noch an etwas anderes zu denken. Er wußte, die Gründe für Miguel Eymars Verhaftung und Anklage waren zivilrechtlicher Natur und hatten nichts mit dem Krieg zu tun.

Schieberei mit verdorbenen Arzneimitteln, die den einen oder anderen Kranken das Leben gekostet hatten, Einbruch in die Lebensmittellager der Armee, illegaler Handel mit Benzin und Treibstoff und andere Delikte, die das Kriegschaos in einer Stadt wie Madrid begünstigten, wo man einzig darum besorgt war, was jenseits der Verteidigungsschanzen geschah.

Die jungen Männer starben in den Schützengräben,

die Granaten fielen bis in die Vororte, die Angst, den Krieg zu verlieren, und die Notwendigkeit, sie zu vertuschen, nahmen den kläglichen Rest der sogenannten Obrigkeit in Anspruch.

Einen Mord hatte er zuletzt auch noch begangen.

»Wegen Zugehörigkeit zur fünften Kolonne«, log er, »Herr Oberst.«

»Weil er ein Held war, du Hurensohn, weil er ein Held war!« brüllte Rioboo salbungsvoll und sah beifallsuchend zum Tribunalspräsidenten. Juan war überrascht, wie wandelbar der Blick des Leutnants war. Brüllte er, waren seine Augen rot unterlaufen, doch wenn er aus den Augenwinkeln nach der Zustimmung des Tribunalspräsidenten heischte, verwandelte sich sein Zorn im Bruchteil einer Sekunde in schmeichlerische Unterwürfigkeit. Dieses Mal jedoch unterbrach eine schlichte, fast erzbischöfliche Handbewegung der im Ärmel versunkenen Hand seine eifrige Inbrunst. Außerdem schweifte der Blick des Oberst erneut zu den Augen am Ende des Raums und brauchte eine ganze Weile, um sich von ihnen loszureißen. Die Nasenflügel des Oberst flatterten leicht, und Juan sah, daß sich an den aus ihnen hervorstehenden Härchen glänzende Schleimtröpfchen bildeten. Weinte er?

»Und warum mußtet ihr ihn töten?« nahm er schließlich den Faden wieder auf. Juan Senra antwortete, als würde er ins Leere sprechen, daß er nur ein Beamter des Sanitätskorps im Gefängnis war. Daß er ihn weder festgenommen noch verurteilt und erst recht nicht hingerichtet hatte. Herr Oberst. Und er fügte hinzu: »Ich habe mich nur des öfteren mit ihm unterhalten.«

Das stimmte nicht. Er erinnerte sich ganz genau an ihn, da es sich um einen der Fälle gehandelt hatte, die nicht einmal die Schrecken des Krieges vergessen machen konnten. Er hatte einen Schäfer aus Fuencarral umgebracht, um ihm ein paar Schafe zu stehlen und sie auf dem Schwarzmarkt zu verkaufen. Doch der Sohn des Schäfers, ein kleiner Junge noch, hatte ihm eine Mistgabel in den Bauch gerammt, was er fast nicht überlebt hätte. Juan Senra hatte ihn gepflegt und verarztet, nachdem er mit der Effizienz, die in Kriegszeiten den Verlust von Soldatenleben vermeidet, operiert worden war. Genesend hatte Miguel Eymar sich angeboten, gegen Straffreiheit als Zeuge auszusagen, und hatte alles preisgegeben, was er über die verschiedenen kriminellen Organisationen wußte, auch die, die er selbst angeführt hatte. Seine Informationen hatten außerdem dazu gedient, Mitglieder der fünften Kolonne habhaft zu werden, die im belagerten Madrid tätig waren. Trotz allem war er standrechtlich erschossen worden.

»Und worüber haben Sie gesprochen?« fragte vom Ende des Raums die Frau in dem abgetragenen Persianer. Juan drehte sich um und sah, daß sie aufgestanden war, langsam nach vorne kam und ihn dabei eindringlich anblickte. Gegen ihre Brust preßte sie beschützend ihre Handtasche.

»Um Himmels willen, Violeta«, sagte der Oberst flehend. Aber sie beharrte auf ihrer Frage.

»Worüber haben Sie gesprochen?«

Juan Senra wandte sich fragend dem Tribunalspräsidenten zu. Der Oberst gab ihm Erlaubnis zu antworten. Wegen Landesverrats vor Gericht, sah Juan sich mit dem Schmerz der Mutter eines überführten Mörders konfrontiert und war drauf und dran, ihre Partei zu ergreifen.

»Ich weiß nicht mehr, über dieses und jenes«, sagte er. »Über seine Kindheit, seine Eltern ... Gefängnisangelegenheiten. Manchmal über den Krieg.« Und mit diesen Ausflüchten begann Juan Senra eine lange, dicht gesponnene Lüge, die aus einem Impuls des Mitleids entstanden war und zum Trittbrett ins Leben wurde.

Der Schatten der Frau, deren Umrisse sich gegen das Licht der Fensterfront in ihrem Rücken abzeichneten und die ihre Handtasche an sich drückte, als würde sie ihr sonst wegfliegen, formulierte Fragen mit einer Strenge, die nichts mit der Strenge der Richter gemein hatte. Sie wollte weder verurteilen noch freisprechen, sie wollte nur zwischen wahr und falsch unterscheiden. Vielleicht wissen. Aus ihren unbewegten, blutleeren, zusammengepreßten Lippen drangen die Fragen ohne Angst, ohne Interesse für die Antwort.

Streng, vor der Zeit grau geworden und ohne die Zärtlichkeit einer Mutter, schwarz und traurig, schien sie als Klischee des Schmerzes für ein Bild der Rache Modell zu stehen. Und dennoch kam sie durch die ängstliche Erwartung in ihrem Blick, die Gleichgültigkeit gegenüber allem, was die Erinnerung an ihren Sohn trüben könnte, und ihr perverses Bedürfnis, belogen zu werden, dem Inbild einer zerbrochenen Mutter sehr nahe.

»Er hatte ein Brandmal, von einem Unfall mit heißem Öl als Kind. Wo war es?«

»Auf der Innenseite des rechten Oberschenkels. Nach der Operation mußte ich ihm Schmerzmittel spritzen, da habe ich es gesehen.«

»Welche Operation?«

Juan ersetzte die Mistgabel des Schäfersohns durch eine Bauchfellentzündung, oder etwas in der Art. Als er nach Porlier kam, war er bereits über dem Damm, wenn auch noch genesend.

Und wieder griff er in der Hoffnung, auf die magische Formel zu stoßen, nach dem Zauberspruch:

»Er war ein vorbildlicher Patient.«

Und der Berg öffnete sich. Der sich dunkel vor der hellen Fensterfront abzeichnende Umriß der Frau, Schattenschnitt der Rache, bewegte sich im Schweigen aller Anwesenden langsam auf Juan zu, einen ungläubigen Blick auf ihn gerichtet, und kam schließlich zwischen dem Angeklagten und dem Albino-Sekretär zum Stehen. Nutzlos waren da die halbherzigen Befehle des Oberst, nutzlos das wiederholte »Um Himmels willen« und »Bitte, Violeta« von Oberst Eymar, zu gewöhnt war sie an die aufgesetzte Autorität ihres Mannes, und hier ging es um ihren Sohn, dessen letzte Nachricht sein Name auf einer Liste von Hingerichteten nach einem Schnellverfahren gewesen war. Und jetzt hatte sie die Gelegenheit, etwas zu erfahren, und hätte ihren Durst nach Einzelheiten auch gestillt, wenn nicht ein kehliges Schluchzen, das zu einem langgezogenen Laut wurde, der in der menschlichen Sprache nicht existiert, wohl aber bei jaulenden Tieren zu hören ist, sie daran gehindert hätte, weitere Fragen zu artikulieren.

Sie trat nicht näher zu Juan heran, streckte ihm auch nicht die Arme entgegen, aber beide standen sie sich gegenüber, allein auf der Welt, ohne Richter, Beisitzer, Albino-Sekretär, Wachsoldaten. Das Licht traf sie jetzt von vorne, und dennoch blieb sie wie im Schatten. Schließlich gelang es ihr, etwas halbwegs Verständliches hervorzubringen: »Er war mein Sohn.«

Der Oberst erhob sich von seinem Platz hinter dem Tisch und sprang in grotesk wirkender Hast vom Podest zu seiner Frau herunter, die, obwohl nicht größer als er, wesentlich massiver wirkte. Er bemühte sich um eine strenge, autoritäre Miene. Genug für heute.

Leutnant Rioboo gab den Befehl, den Gefangen abzuführen, und die beiden lustlosen Soldaten, die ihn unwirsch hereingebracht hatten, führten ihn unwirsch in die Zelle, wo die warteten, die das Tribunal, dem Oberst Eymar vorsaß, bereits zum Tode verurteilt hatte. Wie alle anderen bewahrte auch er Stillschweigen.

Das Schweigen ist ein Raum, eine Höhle, in die man

sich flüchten, aber nicht retten kann. Das Schweigen nimmt kein Ende, es wird durchbrochen; es zeichnet sich vor allem durch seine Zerbrechlichkeit aus, und die zarte Hülle, die es umgibt, ist transparent: Alle Blicke gehen durch sie hindurch. Und so mußte Juan den Blikken seiner Gefährten aus dem Stock standhalten, als er zu seiner großen Überraschung an den Ort zurückgebracht wurde, wo der Tod noch einer Formalität bedarf.

Doch wurde er, da die Sieger in ihrer Arbeit überlastet waren, zu spät in den zweiten Stock zurückverfrachtet. Er durfte seinen Napf abholen – oder den eines anderen, der sterben würde – und sich ohne Abendessen an die dunkle Wand kauern, wo er seine Verunsicherung lichtete, indem er träumte, er wäre ein einziges Ding, irgendein Ding, aber eins: Tier, Wasser, Stein, Erde, Wurm, Träne, Feigling, Baum, Held ... Und so schlief er ein, ohne sich selbst erklären zu müssen, warum er noch am Leben war. Die anderen respektierten sein Schweigen. Niemand stellte ihm Fragen. Er malte sich unmögliche Dinge aus, während Gerüche und Töne seine Gedanken durchkreuzten, Räume und Farben seine Träume durchzogen. Ihm war, als würden diese Empfindungen ihm beibringen, vom Lebendigsein abzulassen, und er versuchte sich vorzustellen, in welcher Sprache die Toten reden.

Das sind die Vorteile der Schwäche.

Am nächsten Tag erwachte er mit der fixen Idee, erneut an seinen Bruder schreiben zu müssen.

Er wußte, wie er an Bleistift und Papier für einen neuen Brief gelangen konnte. Ohne es wirklich begründen zu können, ahnte er, daß er noch über Zeit verfügte, und entdeckte plötzlich eine gewisse Entsprechung zwischen Schreiben und Zuneigung, zwischen Worten und Liebkosungen, zwischen Erinnerung und Vertrautheit.

In diesem Gefängnis voller Verlierer befanden sich zwei Sieger. Sie waren mit den Häftlingen zusammengesperrt, würden aber nicht vor Gericht kommen. Beide trugen die Uniform der aufständischen Armee und machten Staat mit ihrer vorschriftsmäßigen Kasernenmütze, deren rote Troddel im Rhythmus ihrer zackigen Schritte hin- und herschwang. Obwohl sie so mager wie alle anderen waren, sprach aus ihren Bewegungen eine Lebhaftigkeit, die sie deutlich von den übrigen Häftlingen unterschied. Ein alter Gymnasiallehrer, Freund von Negrín, gab den Unzertrennlichen die Spitznamen Espoz und Mina, nach dem historischen General Francisco Espoz y Mina.

Die beiden saßen einen Arrest ab. Wegen irgendeines schweren Verstoßes – über den sie nie ein Wort verlauten ließen – waren sie in diesem Block gelandet, wo sie, als unterwürfige Verbündete der Wächter, eine gewisse Autorität über die Häftlinge ausübten.

Um sie herum war eine armselige Beschaffungsindustrie entstanden: Dank ihrer Vermittlung konnte man trockenes Karbid für Lampen bekommen, einen Bleistift zum Schreiben, eine Tabakration, Zigarettenpapier und eine Reihe willkürlich zugestandener Begünstigungen, die Espoz und Mina gegen ähnlich armselige Dinge aushandelten: einen Ehering, ein Feuerzeug, eine Goldplombe, oder was auch immer etwas mehr wert war als ein Menschenleben.

Juan tauschte bei Espoz drei Blatt Papier und einen Umschlag gegen einen seiner Socken ein, und Mina lieh ihm für drei Tage einen Tischlerbleistift.

Mein lieber Bruder Luis,

ich habe Dir einen Brief geschrieben, um mich von Dir zu verabschieden, aber jetzt bin ich froh, daß ich ihn nicht abschicken durfte, vielleicht, weil meine Stunde noch nicht geschlagen hatte. Ich bin vor Gericht gekommen, aber man hat mich nicht verurteilt. Ich sitze an der Grenze fest.

Ich weiß, daß wir beide allein sein werden, wenn ich Dir nicht mehr schreiben kann, aber Miraflores ist ein kleines Dorf, und fast alle Nachbarn sind irgendwie mit uns verwandt. Ich bin sicher, daß sie Dir zur Seite stehen werden. Such Dir eine Arbeit, aber nicht in der Sägemühle, die staubige Luft ist nichts für Deine Lungen. Vielleicht kann Onkel Luis Dich im Krämerladen anstellen. Es tut mir leid, daß ich Dir kein Studium finanzieren kann, aber sollte es Dir irgendwann gelingen, das Stück Land unserer Eltern zu verkaufen, verwende alles Geld für eine Ausbildung. Don Julio, der Schullehrer, wird Dir dabei helfen.

Obwohl er den ganzen Tag auf diesen Brief verwandte, brachte er nur einen Absatz zustande, denn zieht sich die Zeit im Gefängnis auch unendlich hin, ist sie doch von erbarmungslosen Wartereien und Ritualen durchsetzt: endlose Schlangen, um an eine Ration gekochter Kartoffeln zu gelangen, den Abtritt benutzen zu können oder die Abendsuppe zu bekommen; dreimal täglich ewiges Reih-und-Glied-Stehen zum Abzählen; unvorhersehbare Zuteilungen zum Saubermachen des Blocks, der trotzdem immer schmutzig war, und darüber hinaus mußte er an jenem Vormittag mit anderen Häftlingen einem Vortrag von Eduardo López über den Mehrwert und seine Auswirkungen auf das internationale Proletariat beiwohnen. Insgeheim pflegte Juan die Teilnehmer dieser Seminare, die in dem verschwörerischen Flüstern einer Sekte abgehalten wurden, die informierten Leichen zu nennen.

Der Abend brach mit seinen Schatten herein, und eisige Lichtreflexe erfüllten die Luft. Keiner hatte Brennstoff für die Lampen.

Juan wachte auf, als durch die kalte Luft die Liste der zum Tode Verurteilten aus dem Hof heraufhallte. Niemand rührte sich, doch alle lauschten auf die Namen, die ohne Antwort nacheinander ertönten: Luis Fajardo, Antonio Ruiz Abellán, José Martínez López, Alberto Mínguez … Die energische, aber monotone Stimme durchschürfte die Stille wie ein Streichholz beim Anzünden; und auch sie hellte die Wirklichkeit aus.

Nachdem der Malzkaffee ausgeteilt worden war, der das Frühstück ersetzte, trat eine Gruppe Häftlinge zu Juan, und Eduardo fragte ihn geradeheraus, warum er immer in den zweiten Stock zurückgeschickt wurde.

»Sie schaffen es nicht, mich zu verurteilen. Ich bin scheinbar ziemlich abartig.«

»Kann es nicht vielleicht sein, daß du mehr ausplauderst, als du weißt?«

Mit dieser Verdächtigung hatte Juan am wenigsten gerechnet.

»Ich weiß überhaupt nichts, aber danach fragt sowieso niemand. Dieser fanatische Richter hat seine verrückte Frau auf mich losgelassen. Und die will um jeden Preis wissen, was mit ihrem Sohn passiert ist.«

»Und was ist mit ihm passiert?«

»Wir haben ihn erschossen. Das Schwein. Ich sage ihnen sowenig wie möglich, um zu sehen, ob sie mich noch ein paar Tage leben lassen. Das ist alles. Sobald sie mir auf die Schliche kommen, bin ich auch dran, keine Sorge.«

Anders als die entgegen ihrer anatomischen Veranlagung mageren, abgezehrten Häftlinge in dem Block war Eduardo López von Natur aus hager. Seine spitze Brust und die scharf geschnittene Nase verliehen ihm die Zweidimensionalität, mit der die Natur den Ameisenbär bedacht hat. Dunkel wie ein Meßbuch war er leicht zu übersehen inmitten der Grüppchen, in denen die Richter gerichtet und die Sieger besiegt wurden.

Juan sah die Unterhaltung für beendet an, denn die unveränderte Beibehaltung der in den vergangenen Jahren gültigen Hierarchie war ihm vollkommen unverständlich. Wie konnten Tote andere Tote zur Rede stellen?

Zwei Tage lang wurden die Prozesse unterbrochen. Der Junge mit den Läusen und Juan tauschten Erinnerungen aus und freundeten sich an. Für Eugenio Paz hatte das wahre Leben mit dem Krieg begonnen. Bis dahin hatte er sich in Brunete durchgeschlagen, im Sommer mit Getreidedreschen, in den kalten Monaten mit Pflügen und vor den Regenfällen im Frühjahr mit Säen. Die Schule hatte er nie besucht, dafür konnte er auf einen Blick sagen, welche Hennen gut legten und welche nur für den Kochtopf taugten, welches Schaf zu spät gebären würde und welche Windhunde Kaninchen jagten, ohne sie zu reißen. Seine Mutter war nicht verheiratet; geschwängert hatte sie der Wirt der Dorfschänke – von allen nur der Schankwart genannt –, der sich damit brüstete, daß ihm von Villaviciosa bis Navalcarnero keine Jungfrau durch die Lappen gegangen sei. Er untersagte es Eugenio, ihn Vater zu nennen.

Im Gegenzug versuchte Juan, ihm von seinem Bruder und seinem Leben in Miraflores zu erzählen, doch als er in der Erinnerung zurückgehen wollte, stieß er nur auf Schneestürme, alles andere fiel bereits dem Vergessen anheim.

Als nun die Gerichtstermine bei Oberst Eymar, aus welchem Grund auch immer, vertagt wurden, machte sich eine zaghaft freudige Atmosphäre im zweiten Stock breit. Und als darüber hinaus, wie am zweiten Tag der Fall, im Morgengrauen keine Listen für den Lastwagen des Todes ausgerufen wurden, quoll die Hoffnung zwischen den Ritzen der Angst hervor und verwandelte sich in einen Balsam, der Kälte und Hunger erträglich werden ließ. Fast unmerklich zeichnete sich daher auf manchen Gesichtern ein schwaches Lächeln ab, ein Ausdruck stillen Friedens, und aller Schwindel kam nach und nach zur Ruhe.

Es war ein großer Tag. Eugenio Paz und Juan erzählten sich Dinge aus ihrem Leben. Der Junge mit den Läusen gestand ihm, daß er ein wenig beunruhigt sei, früher sei er ihm gestanden wie eine Eins, jetzt brächte er ihn gar nicht mehr hoch. Weil du schon tot bist, dachte Juan, tröstete ihn aber mit den Worten, er würde eben Abwesenden die Treue halten. Das mußte es sein.

Am nächsten Morgen bemühte Juan sich, an nichts zu denken, nichts zu sehen, nichts zu riechen, während er vor den Latrinen des zweiten Stocks darauf wartete, daß die Reihe an ihn kam. Es war ein stinkender, mit Pfützen durchsetzter, erniedrigender Ort. Auf rechteckigen Plattformen, in deren Zement die Umrisse von Füßen eingelassen waren, eine Reihe Löcher, ohne Trennwände, Türen oder sonstige Rücksicht, vor denen eine lange Schlange Männer wartete, die ihre Beschämung mit obszönen Kommentaren und spöttischer Hastigkeit vertuschten.

»Du bist doch Krankenpfleger, oder?« fragte ihn ein Gefreiter mit einer Liste in der Hand. »Komm mit.«

Rein gar nichts half es ihm, die Gründe für sein Schlangestehen anzuführen, mit einem »Mach dir meinetwegen in die Hose« führte der andere ihn auf die Außenseite des Gitters. Dort gelangten sie durch das Wachzimmer zu einer scharf bewachten Zelle. Der Gefreite befahl, die Tür zu öffnen, und stieß Juan vor sich hinein.

»Der hier muß morgen früh um sechs noch lebendig sein. Wenn er vorher abkratzt, erschießen wir dich dafür. Du hast die Wahl.« Und er schlug die Tür hinter sich zu. Die Dunkelheit legte sich über Juan Senras Augen, nachdem er beim Eintreten für einen kurzen Moment einen reglosen Körper auf einer Pritsche ausgemacht hatte.

»Wer bist du?« fragte Juan, ohne es zu wagen, den anderen anzufassen.

»Ich heiße Cruz Salido. Und du?«

»Juan Senra.«

Cruz Salido war bei Kriegsende Chefredakteur der Zeitung *El Socialista* gewesen und hatte sich im letzten Moment nach Frankreich abgesetzt. Mit dem Plan, sich nach Oran einzuschiffen, war er an Bord eines Frachters gegangen, der zunächst Genua angelaufen hatte, wo ein paar Schwarzhemden ihn festgenommen und einen

Monat später an Spanien ausgeliefert hatten. Man verhörte ihn, über die Exilorganisationen, über Lísters Pläne, mit einem Armeekorps in Spanien einzumarschieren, und über zahllose andere Dinge, an die er sich kaum besser als an seine Antworten erinnerte, machte ihm den Prozeß und verurteilte ihn zum Tode.

All diese Todesrituale, all die Erschöpfung hatten seine Lebenskräfte rasch dezimiert, und mit seinen von der Tuberkulose zersetzten Lungen einzig aufs Atmen konzentriert, gelang es ihm nie herauszufinden, was er eigentlich verbrochen hatte. Er wußte nur, daß den anderen viel daran gelegen war, ihn lebendig vors Erschießungskommando zu bringen.

»Graf Mayalde persönlich will mich öffentlich erschießen. Sieh zu, daß ich vorher sterbe«, flehte er.

»Um alles in der Welt, aber das kannst du nicht von mir verlangen!«

Cruz Salido sah es ein. Da Reden ihn anstrengte, beschloß er, sich auf diese Weise gänzlich zu erschöpfen und seinen Erinnerungen eine Stimme zu verleihen. Er klagte um Besteiro, der in einem Gefängnis in Carmona im Sterben lag, um Azaña, den großen Azaña, für immer zum Schweigen gebracht an irgendeinem gottverlassenen Ort, vergessen von Frankreich, das inzwischen Hitlers Zwecken diente, um Machado, unseren Machado, in Collioure verstummt …

»Wir sind doch ein verfluchtes Volk, findest du nicht?«

»Nein. Wir sind kein verfluchtes Volk. Das hieße, den anderen die Schuld zuzuschieben.«

Und der Chefredakteur stellte, unterbrochen von Stöhnen, Schweigen und Husten, eine Chronik seiner Freunde zusammen, all derer, die er in den Spalten seiner Zeitung verteidigt hatte, und hielt dabei an einem Berufsethos fest, das es ihm verbat, von sich selbst zu sprechen. Er erschöpfte sich mit einer Geschichte, zerstörerisch und endlos wie sein Atem, der nicht versiegen wollte. Ihm war kalt, aber er gestattete Juan nicht, ihn mit seinem Körper zu wärmen; sein wund geriebener Rücken schmerzte ihn, doch er ließ sich nicht von Juan umdrehen; seine Erinnerung erstickte ihn, und dennoch wollte er sich um jeden Preis erinnern. Gegen Morgen hatte seine Stimme bereits den Klang vom Tod gerauhter Worte angenommen, doch er sprach weiter, mit gerade den nötigen Pausen, um nach Atem zu ringen, der ihm immer dünner wurde, langsam verdunstete.

Er starb, während er sich an irgend etwas Bestimmtes zu erinnern versuchte.

Als die Zellentür aufging und man Cruz Salido tot auffand, beschloß der Feldwebel, ihn trotzdem zu erschießen, und der Gefreite versetzte Juan Senra drei Hiebe mit dem Gewehrkolben. Aber sie brachten ihn in den zweiten Stock zurück.

Er informierte Eduardo López über das Geschehene und täuschte unerträgliche Schmerzen vor, mit denen er seine unpassenden Tränen rechtfertigte. Wegen empfangener Schläge durfte man in diesem Gefängnisstock heulen, aus Trauer weinen nicht.

Da er ahnte, daß es ihn ein wenig trösten würde, suchte er sich einen Winkel, um seinen Brief weiterzuschreiben.

»Wem schreibst du?« fragte ihn der Junge mit den Läusen. »Deinem Bruder?«

»Zu meinem Bruder, was nicht dasselbe ist.«

»Wirklich komisch, wie du sprichst! Kein Wunder, daß sie dich erschießen wollen.«

… Ich bin noch am Leben. Es sind ein paar Tage vergangen, aber hier ist alles eine einzige Mühsal. Zwischen Bleistift, Papier und meinem ewigen Dahindämmern verstreichen die Stunden, als wagte ich nicht, sie zu nutzen, weil ich weiß, daß diese Zeit mir schon nicht mehr gehört.

Ich träume unaufhörlich und könnte doch nicht sagen, ob ich schlafe; ungewollt stellt sich mir das Bild einer fast leeren Welt ein, in der alle eine Sprache sprechen, die ich nicht verstehe, obwohl ich mich nicht fremd fühle. Wenn ich sie gelernt habe, bringe ich dir diese Sprache bei, die man in der Welt meiner Träume spricht. Der Himmel hat dort eine Farbe wie an den Sommerabenden in Miraflores, aber es gibt keine Berge, und die Landschaft verliert sich in einem flachen Horizont, der nicht weit weg ist, obwohl es mir vorkommt, als sei er unerreichbar …

Es war Endzeitroutine, die in diesem Stock herrschte, aber nichtsdestotrotz Routine. Der unveränderbare Mechanismus, mit dem sich die einzelnen Gruppen bildeten, durchbrochen nur von den unweigerlichen Lücken der Verurteilten, erhielt sich aufrecht, als hätte das Leben eine Fortsetzung.

Von den Häftlingen hatten einzig Espoz und Mina die Erlaubnis, auf die Dachterrasse des Gebäudes zu steigen. Das war jedes Mal der Fall, wenn die Wollmatratzen der Unteroffiziere im Gefängnisdienst ausgeklopft werden mußten.

Einmal im Monat wurden ihnen etwa zwei Meter lange, an einem Ende rechtwinklig abgeknickte Weidenstöcke ausgehändigt, mit denen sie das Innere der ausgeweideten Matratzen so lange bearbeiten mußten, bis die Wolle schaumig wie fast steif geschlagenes Eiweiß war.

Waren sie einmal auf der Terrasse, dachten sie nicht daran, dem sich über den Gebäuden abzeichnenden Horizont nachzutrauern oder in den offenen Himmel als ein Symbol ihrer Vergangenheit zu blicken, sondern daran, die ausgehungerten Tauben anzulocken, die über das winterliche Madrid auf der Suche nach nicht vorhandenen Futterquellen flatterten. Dafür brauchten sie alles, was Vögel herbeilocken konnte: Brotkrümel, Oblatenstücke, die ungenierte Meßgänger aufbewahrt hatten, Kakerlaken, Wanzen, Bodensatz von Zichorienkaffee und sogar richtige Kartoffelbrocken, die sich jemand vom Mund abgespart hatte, um sie gegen etwas Notwendigeres als Nahrung einzutauschen.

Flogen die Tauben in der Hoffnung auf etwas Eßbares heran, verharrten Espoz und Mina regungslos, bis der Hunger die Angst der Vögel besiegt hatte und sie das Futter zu picken begannen, mit dem der Boden der Terrasse bestreut war. Da schnellten die beiden Matratzenklopfer gleichzeitig vor und schlugen auf zwei der Tauben ein, die rücklings liegenblieben, ihre Beinchen gegen den Bauch angezogen wie zum Schutz gegen den auf sie einstürzenden Himmel.

Eine davon verspeisten sie, die andere tauschten sie bei den Wächtern gegen das ein, was ihnen später zum Handel mit den Häftlingen diente.

Espoz und Mina verschafften Juan Senra so etwa gegen seinen Gürtel mehr Papier, damit er den Brief an seinen Bruder weiterschreiben konnte.

Ich bin noch am Leben. Ich will die Tage nicht zählen, noch davon sprechen, was um mich herum geschieht, aber ich scheitere zunehmend dabei, zu meiner Erinnerung vorzudringen. All das zu denken ist das Privileg des Verurteilten, das Privileg des Sklaven.

Da brach eine Auseinandersetzung auf dem Stockwerk aus, und ein Trupp Wachsoldaten stürzte drohend herein, trieb die Häftlinge mit erhobenen Händen in eine Reihe, das Gesicht gegen die Wand, und ließ sie zwei endlose Stunden dort stehen. Die Auslöser des Streits, ein Gewerkschaftler aus Aragón und ein Anarchist aus

Cádiz, wurden so windelweich geprügelt, daß von ihren Überzeugungen nicht mehr viel übrigblieb und ihre Ideen sich in alle Winde verstreuten. Juan überlegte, mit welchen Argumenten der Leutnant Kaplan den Brief an seinen Bruder wohl dieses Mal zensieren würde.

Unterdessen hatte man begonnen, den Häftlingen in einzelnen Fällen Besuche zu gestatten. Familienangehörige, die sich auf Geistliche, Offiziere oder Veteranen der Falange berufen konnten, um verwandte Häftlinge zu besuchen, ohne unweigerlich selbst angeklagt zu werden, erhielten die notwendigen Genehmigungen. Tröstliche Nachrichten durchsickerten das Schweigen. Hitler war im Kampf um England blockiert, der Untergrund organisierte sich in mehreren Zonen im Norden, und es gab Gerüchte, daß die Vereinigten Staaten im Süden der Iberischen Halbinsel einfallen würden. Alle hofften nur noch, die Zeit möge rasch vergehen, zählten die Sekunden und lernten, daß alle sechzig Sekunden eine Minute ablief. Aber die Tage waren lang.

Unter den Häftlingen gab es einen früh gealterten, schweigsamen Mann, der die Nähe der anderen selbst in den Nächten mied, wenn alle sich zusammendrängten, um sich gegenseitig zu wärmen. Alle nannten ihn nur den Blabla, kaum einer kannte seinen wirklichen Namen. Stoisch ertrug er die Kälte, den Hunger und das Mißtrauen seiner Kameraden. Eine lange Narbe zog sich über seine Stirn und scheitelte sein Haar. Alles, was von diesem düsteren Antlitz in Erinnerung blieb, war sein Schweigen und zwei übergroße Augen, die nie blinzelten, als befänden sie sich in einem Zustand ewigen Staunens.

Niemals sprach er ein Wort. Er lauschte den Stimmen, die aus dem Hof oder den anderen Stockwerken kamen, den durch die Luft getragenen Geräuschen, doch nie dem, was seine Mitgefangenen sprachen. Er hieß Carlos Alegría und war provisorischer Leutnant der aufständischen Armee gewesen. Er entstammte einer Gutsbesitzerfamilie aus einem Dorf bei Burgos, und am 18. Juli 1936 wollte er gerade den Zug aus Salamanca, wo er Assistent am Lehrstuhl für Römisches Recht war, zu sich nach Hause nehmen, als ihn der Donnerhall eines Aufstands der Armee in Nordafrika erreichte. Verteidige, was dein ist, dachte er sich und suchte nach einer Möglichkeit, sich den Aufständischen anzuschließen. Dank seines akademischen Titels verlieh man ihm unverzüglich den Rang eines provisorischen Leutnants. Er war kein Held und kam gar nicht so weit, den Schrecken des Krieges am eigenen Leib zu erfahren. Er blieb immer in Kasernen stationiert, denen die Versorgung der Kämpfenden oblag. Die einzigen harschen Befehle, die er gab, bezogen sich auf das Inventar und ergingen an habgierige Quartiermacher, an deren Treue zur nationalen Sache er berechtigte Zweifel hegte. Angesichts seiner aufopfernden Pflichterfüllung wurde er in den Rang eines Hauptmanns der Intendanz befördert.

Wenige Stunden bevor Oberst Casado vor der aufständischen Armee die Waffen streckte, desertierte der Hauptmann. Der Krieg war fast vorbei, als er unbewaffnet und mit leeren Händen auf die Seite der Verlierer überlief. Unter den Republikanern glaubte ihm niemand, und niemand beschützte ihn, als Francos Truppen in Madrid einmarschierten. Er wurde sofort verhaftet, verurteilt und eines Morgens standrechtlich erschossen, gemeinsam mit mehreren Dutzend anderer Unglücklicher, die allein aus dem Grund als erste starben, weil sie als erste gefangengenommen worden waren.

Übereiltes Töten führt selten zu einem gründlichen Tod. Eine Kugel streifte seine obere Stirn und glitt an seinem Schädel ab, ohne einzudringen. Bei der Wucht des Aufpralls wurde er ohnmächtig, und die Anweisung, Munition zu sparen, ersparte dem reglosen Verurteilten mit dem blutüberströmten Gesicht den Gnadenschuß. Man setzte ihn in einem Massengrab bei, hastig, wie alle anderen, und bedeckte die Leichname gerade mit ein paar Schaufeln Erde.

Als er wieder zu Bewußtsein kam, lag er notdürftig begraben zwischen ineinander verhakten Leichen, die immer noch ausströmten, was sie einmal gewesen waren: Schweiß, Urin, den Geruch nach Angst. In dem Wust aus Leichnamen hatten sich Luftkammern gebildet, die außer ihm niemand mehr atmete, ein Abschiedsgeschenk seiner Gegner, und ohne jedes Zeitgefühl, mit einem stechenden Schmerz am Kopf als einzigen Beweis dafür, noch am Leben zu sein, gelang es ihm, die auf ihn drückenden Toten fortzuschieben und die dünne Erdschicht, die ihn vom Himmel trennte, zu durchstoßen. Lebendig fand er sich auf freiem Feld wieder – Arganda del Rey, wie er später erfahren sollte –, getaucht in die Stille und frische Dunkelheit eines Frühlings, der in diesem improvisierten Friedhof wie ein Eindringling wirkte.

Er suchte um Hilfe nach, doch beim Anblick des blutüberströmten Mannes mit der klaffenden Wunde am Kopf verschlossen alle ihre Türen mit den Riegeln der Panik. Niemand nahm sich seiner an, niemand lieh ihm auch nur ein Hemd, um das Blut zu verbergen, von dem seines verkrustet war, niemand gab ihm zu essen, und niemand wies ihm den Weg zurück zum Haus seiner Eltern.

Ende April wurde er in Somosierra erneut festgenommen und wieder in die Kaserne Conde Duque überstellt, wo er noch einmal den Pfad des Todes beschreiten sollte.

Wenn ihn die verbohrten Offiziere im Gefängnis nach seinem Rang fragten, war seine Antwort stets die gleiche: Ich heiße Carlos Alegría, geboren am 18. April 1939 in einem Massengrab in Arganda, und ich habe nie einen Krieg gewonnen.

Deshalb wurde er von allen nur der Blabla genannt.

Juan war dieser schweigsame Einzelgänger nicht unsympathisch. Ihm gefiel seine unerschütterliche Geistesabwesenheit, die gleichzeitig den allgemeinen Verdacht

Lügen strafte, es könnte sich um einen Spitzel handeln. Am Abend eines der Tage ohne Listen trat er zu Juan, der in einer Ecke vor sich hindämmerte, und flüsterte ihm ins Ohr: »Du und ich, wir leben beide auf Pump. Wir müssen etwas unternehmen, damit wir niemandem etwas schuldig bleiben.« Und er entfernte sich ans andere Ende des Blocks, wo sich das Eingangsgitter befand. Dort begann er »Wache!« zu schreien, »Wache, Wache!«, jammervoll und durchdringend zugleich.

Alle Häftlinge erstarrten in der Position, in der die Schreie sie überrascht hatten. Mit seinem Blechnapf gegen die Gitterstäbe hämmernd schrie der Blabla mit einer Energie weiter, die niemand in diesem kleinen, vom Tode gezeichneten Mann vermutet hätte. Schließlich erschienen zwei Soldaten und versuchten ihn mit ihren Gewehrkolben vom Tor wegzustoßen. Aber seine Schmerzempfindlichkeit hatte sich lange zuvor im Angesicht eines überhasteten Erschießungskommandos erschöpft, und die Wucht der Schläge schien ihm nichts auszumachen.

Bei dem Handgemenge gelang es ihm, nach dem Kolben eines der Gewehre zu greifen, und mit einer blitzartigen, unvorhersehbaren Bewegung entriß er es dem auf ihn einschlagenden Soldaten. Auf einer Seite des Gitters ein bewaffneter und ein entwaffneter Soldat, im Inneren des reglos hinter dem auf seine Wächter zielenden Blabla verharrenden Blocks dichtes kollektives Schweigen.

Dieses Schweigen durchdrang das Gitter, den Block, die früh hereingebrochene Nacht und das Keuchen des zum Richter gewordenen Blabla. Nicht einmal der noch bewaffnete Soldat verursachte einen Laut, als er seine Mauser auf den Boden gleiten ließ, der zwingenden Anordnung jenes Verrückten Folge leistend, der mit einer geübten, raschen Handbewegung seine Waffe entsichert hatte. Langsam drehte er das Gewehr zu sich herum, steckte den Lauf in den Mund und sagte, er habe niemals irgend jemanden getötet, und trotzdem müsse er selbst zweimal sterben. Dann schoß er, um das Schweigen zu brechen, seine Schuld zu begleichen.

Die Schreie, Pfiffe, schneidenden Befehle und die allgemeine Benommenheit setzten jenem Tag ein Ende, an dem es beinahe keine Toten gegeben hätte. Der Leutnant Kaplan vollzog die letzte Ölung an einer zerfetzten Seele.

Am nächsten Tag gab es wieder Listenverlesungen im Hof und Lastwagen voll fügsamer Männern aus dem vierten Stock, aber es gab keine Aufrufe, um ins Generalhauptquartier zu Oberst Eymar zitiert zu werden. Juan war immer noch beeindruckt von der Tat, und seine eigene Gefügigkeit im Angesicht des Todes wurde ihm immer unerträglicher.

Tod? Aber warum denn Tod? Noch hatte ihm niemand irgend etwas Konkretes vorgeworfen, abgesehen davon, während des Krieges in Madrid gewesen zu sein. Niemand wußte, daß er von Fernando Claudín aus Elda zurückbeordert worden war, um ein Attentat gegen Oberst Casado zu planen.

Er hatte sich eine Zeit zugestanden, die er eigentlich nicht hatte, um Casados Gewohnheiten zu studieren, hatte gewissenhaft notiert, wann dieser sich ins Hauptquartier begab und wann er es verließ, wo er wohnte, welche Routen er für gewöhnlich nahm.

Als alles für das Attentat bereit war, hatte Madrid vor Francos Truppen kapituliert. Er hatte die Niederlage keinen einzigen Tag hinauszögern können.

Aber das wußten nur Togliatti und Claudín, und die konnte keiner fragen. Er mochte immer noch ein einfacher Gefängnisbeamter sein, zu jung, zu unbekannt, als daß man ihm so ohne weiteres eine verantwortliche Position während des Krieges zugetraut hätte. Das tröstete ihn. Er konnte ebensogut einfach nur ein Unterlegener mehr sein, ein zufälliger Verlierer, der sich am 18. Juli 1936 zufällig in Madrid befand.

Vielleicht, daß es ihm gelang, Juan Senras persönliche Niederlage zu vertuschen.

Er hörte seinen Namen durch die Treppen hallen, die zu ihrem Stock hinaufführten. Der Schall hatte sie vor den Tönen selbst erreicht, und als Feldwebel Edelmiro an dem Gittertor vor der Galerie ein weiteres Mal seinen Namen brüllte, blickten ihn bereits alle an, schweigend, unterwürfig, überrascht. Der Tod hatte einen festen Zeitplan, und dies war eine Unzeit.

Ohne seinen Blechnapf abzustellen, hob er den

Arm, und ein schneidendes »Herkommen!« bahnte ihm den Weg zwischen den reglosen Gruppen hindurch bis zum Eingangsgitter. Hinter Feldwebel Edelmiro her wurde er von zwei abgerissenen, schmächtigen Wachsoldaten in ein fensterloses Kämmerchen eskortiert, das sich im Keller neben den Küchen befand.

Dort saßen auf einer gemauerten Steinbank Oberst Eymar und die Frau im Persianermantel, die immer noch ihre Handtasche umklammerte wie ein Raubvogel seine Beute. Sie machte Anstalten, sich zu erheben, doch der Oberst hielt sie mit einer raschen, katzenartigen Handbewegung davon ab.

Der Feldwebel und die beiden Soldaten warteten auf einen Befehl von ihrem Rangoberen, der ihnen schließlich einen vagen, nachlässigen Wink gab.

»Sie wollen mit dem Gefangenen allein bleiben, mein Oberst?« fragte der Feldwebel überrascht.

Erneut ein vager, diesmal etwas weiter ausgreifender Wink durch die Luft, und mit einem »Zu Befehl, Herr Oberst!« verließ der Feldwebel den Raum, gefolgt von den beiden Soldaten. Sie ließen die Tür hinter sich offen und postierten sich außer Hörweite, aber so, daß sie beobachten konnten, was in der Kammer vor sich ging.

Und sie beobachteten, wie der Oberst und seine Frau vor Juan Senra sitzen blieben, der stumm auf eine Erklärung wartete, was das alles zu bedeuten hatte.

Und sie beobachteten auch, wie die Frau in dem abgetragenen Persianer behutsam eine Photographie aus ihrer Handtasche zog und sie dem Häftling zeigte, der nickte.

Feldwebel Edelmiro konnte nicht hören, daß Juan Senra den Eltern von Miguel Eymar erzählte, wie bescheiden und aufgeschlossen ihr Sohn gewesen war, wie unbeugsam sein Charakter, und wie unerschrocken er sich gezeigt hatte in seiner Weigerung, Madrid zu verlassen, als alles dagegen sprach. Der Feldwebel konnte nicht die Geschichten hören, die Juan Senra sich für diese Mutter aus den Fingern sog, deren Gesicht zu leuchten begann, während seine Lügen die grauenhaften Tatsachen verdrängten.

Er konnte auch nicht ahnen – der Krieg läßt kein Einfühlungsvermögen für solche Nuancen –, wie der Überlebensinstinkt nach und nach dem Mitleid für eine Frau wich, die ein Schmerz wahnsinnig gemacht hatte, den Juan Senra so unschwer identifizierte wie die letzten Atemzüge eines Todkranken.

Der Feldwebel sah nur, wie sie sich dem Häftling Senra entgegenneigte, der ungewöhnlich viel redete und redete, monoton auf kurze, flehende Fragen der Frau des Oberst antwortete. Und er sah auch, zu seiner großen Überraschung, wie sie mütterlich nach seinem Arm griff und ihn dazu brachte, sich auf die Steinbank neben den verdutzten Oberst zu setzen, der für Feldwebel Edelmiro halb von der Tür verdeckt blieb. Einer der Soldaten bat um Erlaubnis, eine Zigarette rauchen zu dürfen, und die drei wandten sich von dem Geschehen ab, ohne zu wagen, das Verhalten eines Ranghöheren in Frage zu stellen.

Als Juan in den zweiten Stock zurückkam, klangen ihm noch die letzten Worte der Frau in den Ohren – »Nächstes Mal bringe ich dir einen Pullover mit, es ist ja so kalt« – und das inständige »Ich bitte dich, Violeta« des Richteroberst.

Er traute sich kaum, jemandem zu erzählen, was da vor sich ging, aber außer Eduardo López fragte ihn auch niemand. Und nur die jeder aktivistischen Bewegung anhaftende Endogamie konnte ihn dazu bringen, sich dem Politkommissar anzuvertrauen, der ihm seine Befremdung nicht verheimlichte.

Am nächsten Tag war Sonntag.

Alle Häftlinge mußten der Messe beiwohnen, die der Leutnant Kaplan im Block selbst abhielt. In seiner kriegerischen, zornigen, patriotischen Predigt sprach er von dem Selbstmörder. Er verurteilte den Freitod mit erzengelhafter Entflammung, aber von anderen Todesarten sprach er nicht. Alle hörten ihm schweigend zu, und einige, deren Überlebensinstinkt ausgeprägter war als bei den anderen, gingen nach vorn, als der Moment für die heilige Kommunion gekommen war. Unter ihnen der Junge mit den Läusen. Zurück an ihren Plätzen, knieten sie nieder und bedeckten ihr Gesicht mit den Händen, in einer eher fluchtsuchenden als inbrünstigen Haltung.

Als Juan den Jungen fragte, ob er glaube, die Kommunion zu empfangen würde den Lauf seines Schicksals ändern, antwortete ihm dieser, das könne schon sein, vor allem aber sei die Oblate etwas Eßbares, und er habe einfach Hunger.

Die Predigt des Kaplans regte ihn an, seinen halbfertigen Brief zu beenden. Es lag etwas in dieser so langsam verrinnenden Zeit, das die Ereignisse beschleunigte, sich überstürzen ließ, vergingen die einzelnen Sekunden auch mit einer immer unerträglicheren Langsamkeit.

Sobald er sich zurückziehen konnte, holte er Bleistift und Papier hervor und schrieb weiter:

... Ich bin noch am Leben. Die Sprache meiner Träume eröffnet sich mir immer mehr. Dort spreche ich von Ohnmild, wenn ich meine Zuneigung ausdrücken will, und Sanftung ist die seltene Eigenschaft derer, die liebevoll zu mir sprechen. Hügelungen, Schwindschluch, traumhöhig, höhlwiegen sind Worte, die die Menschen meiner Träume verwenden, um mir von Landschaften zu erzählen, die sie vermissen, und von Orten, die sich jenseits der Schranken befinden. Alles, was klingelt, nennen sie Kasbel, und Wolsusen das Heulen des Windes. Das Plätschern des Wassers in den Bächen heißt bei ihnen Glucksarfum. Ich mag es, in dieser Sprache zu reden.

Der Junge mit den Läusen setzte sich still neben ihn. Juan unterbrach seinen Brief und stellte fest, daß er gelernt hatte, die Traurigkeit aufzugliedern, eine Art der Verzweiflung von der anderen zu unterscheiden, die mit

Haß vermischte Angst zu erkennen, den reinen Haß und die chemisch pure Angst. Er konnte sogar die Reue um eine versäumte Tat von der Reue um eine vollzogene Tat unterscheiden. Aber den Blick dieses Jungen durchzog die Narbe eines Gefühls, das er fast schon vergessen hatte: die Sehnsucht. Womöglich sprachen sie deshalb bedächtig und spähten dabei durch ein Gitterfenster in ein viereckiges Stück Himmel hinaus. Juan erzählte ihm von Mozart – noch ein Besiegter – und von Salieri, erzählte ihm von Ramón y Cajal – ein einsamer Kämpfer – und wie sich die Wolken bilden. Er erzählte ihm von Darwin und von der Bedeutung des Daumens für die Tatsache, daß der Mensch zum Menschen geworden war, die Bäume verlassen und gelernt hatte, seine Artgenossen zu töten.

»Aber all das, die Volksfront, der Krieg, war doch, damit eben das ein Ende hat, oder?«

An diesem eisigen Nachmittag, in einem vom natürlichen Lauf der Dinge unwiederbringlich getrennten Gefängnisblock, fehlte Juan die Kraft, ihn zu trösten. Alles war nutzlos, weil der Ausgangspunkt falsch war. Was auch immer du tust, die Hälfte deiner Leute wird immer gegen dich sein. Es ist wie ein Fluch. Also ist auch niemand verpflichtet, es wirklich gut zu machen. Langweile ich dich?

»Was gäbe ich darum, mir eine Zigarette drehen zu können!« war seine Antwort.

Und während sie weiter von diesem und jenem sprachen, rückte der Tod in den Hintergrund, und es verging ein trügerischer Sonntag in einer angstgeschwängerten Stadt. Wieder kamen Tage um Tage, mit Listen im Morgengrauen und Vorladungen zum Tribunal von Oberst Eymar. Doch je mehr Zeit verging, desto häufiger wurden die Pausen. Ein Tag keine Todeslastwagen, am nächsten keine Sitzungen des Tribunals zur Unterdrückung von Freimaurerei und Kommunismus ... und Juan wurde nie aufgerufen.

Erst einige Wochen später hallte sein Name am frühen Abend durch die Gänge, und Feldwebel Edelmiro brachte ihn erneut in das Kämmerchen neben dem Küchentrakt. Dort warteten bereits der unnahbar steife Oberst und seine in ihren Persianer gehüllte Frau. Kaum erblickte sie ihn, hielt sie ihm auch schon einen grünlichen Pullover hin. »Der gehörte Miguelito«, sagte sie und knüpfte an die Unterhaltung ihrer letzten Begegnung an, als wäre seitdem keine Zeit verstrichen.

Sie erzählte Anekdoten von ihrem Sohn im Gegenzug zu den Lügen von Juan, der sich daran erinnerte, wie Miguel einmal seine Wollsocken ausgezogen und sie einem anderen, halb erfrorenen Häftling geliehen hatte, daß er bei anderer Gelegenheit dem Koch seine Mahlzeit ins Gesicht geschleudert hatte, weil dieser einem Häftling das Brot verweigerte, der immer, wenn das Wort an ihn gerichtet wurde, *Cara al sol* anstimmte.

Diese Lügen waren nicht ganz aus der Luft gegriffen, aber jemandem zugeschrieben, der die Hauptrolle in ihnen nicht verdient hätte, dem kein heroischer, noch nicht einmal ein stolzer Zug hätte nachgesagt werden können. Die Strategie funktionierte. Juan Senra konnte sich davon überzeugen, da Feldwebel Edelmiro zweimal gänzlich übersehen wurde, als er seinen Kopf mit einem diensteifrigen »Zu Befehl, Herr Oberst!« in die Tür steckte, und weil am Ende der Unterredung, als Oberst Eymars Ungeduld sich in ein leises »Es ist schon spät, Violeta« oder »Uns ist nur eine Viertelstunde zugestanden worden, Violeta« verwandelte, die Frau ihre Handtasche öffnete und ihm ein in Butterbrotpapier gewickeltes Heringssandwich reichte.

»Ich komme wieder«, sagte sie und sah ihren Mann herausfordernd an.

Juan ließ Eduardo López' Routinebefragung über sich ergehen und gab dem Jungen mit den Läusen die Hälfte des Sandwichs ab. Wie kam der Politkommissar nur darauf, er könnte eines Tages die Informationen verwerten, die er da zusammentrug? Es war allein dem Zufall zuzuschreiben, daß er noch am Leben war, der willkürlichen Reihenfolge, die der Tod nahm. Zudem gab es keinerlei Möglichkeit eines Kontaktes mit der Außenwelt, und trotzdem fuhr er fort – hoch lebe die Disziplin –, Informationen zu sammeln und das Verhalten der Häftlinge zu kontrollieren.

Mit Ausflüchten suchte er das Gespräch zu beenden, denn das Leben roch nach Heringen, und das machte es wundervoll.

Die Tage vergingen, der März war naßkalt, die unbewohnte Zeit.

Flößte Miguel Eymars Pullover ihm auch Widerwillen ein, war er doch dankbar für die Wärme, die er ihm in diesen endlosen Nächten spendete.

Es ging weiter mit den Listen, doch wurden sie immer kürzer, und, was noch hoffnungspendender war, man erfuhr von mehreren Verurteilungen zu lebenslänglichen Haftstrafen statt zum Tode.

Das kam dem Leben schon sehr nahe.

Er erhielt einen weiteren Besuch von der Frau mit dem Persianer und ihrem fügsamen Gatten. Wieder log er, dachte sich Geschichten und heldenhafte Details aus, die den blutleeren, verkrampften Lippen, die niemand des Küssens für fähig gehalten hätte, einen wohlgefälligen Zug entlockten. Und wie Scheherazade erwirkte er sich durch diese Lügen eine weitere Nacht. Und noch eine Nacht.

Und noch eine.

Bis eines Tages der erste auf der Liste für Oberst Eymars Verdikt der Junge mit den Läusen war. Juan wartete den ganzen Tag auf die Rückkehr der Verurteilten. Es gelang ihm, aus dem Fenster die Frage zu schreien, ob jemand etwas von Eugenio Paz wüßte. Doch niemand hatte Nachricht von ihm. Nicht einmal der Kaplan konnte sagen, was aus dem Jungen geworden war. Und für Juan begannen Tage einer neuen Angst.

Im Kokon des Gefängnislebens spinnt sich so

schnell ein Geflecht aus Beziehungen und komprimierten Erinnerungen, daß es die Häftlinge selbst überrascht, wie es eines ganzen, intensiv gelebten Lebens bedurfte, um die früheren Bande, die Bande draußen, zu knüpfen. Trotzdem schauderte Juan bei dem Gedanken, der Mensch würde sich wohl selbst mit den Würmern anfreunden, begrübe man ihn lebendig.

Er bestach Feldwebel Edelmiro mit Miguel Eymars Pullover, in Erfahrung brachte er aber nur, daß der Junge sich im vierten Stock befand, nicht die Strafe, die man über ihn verhängt hatte. Er versuchte, ihm eine Nachricht zu übermitteln, besaß aber nichts mehr, womit er sein Flehen hätte bezahlen können, und so sollte Eugenio Paz nie erfahren, daß Juan Senra ihm einen freundschaftlichen, brüderlichen Gruß gesendet hatte.

Er sollte nie erfahren, daß Juan Senra wissen wollte, wo er das schwangere Mädchen aus Segovia ausfindig machen könnte, um ihr zu sagen, daß Eugenio ihr treu war und sie vermißte. Er sollte nie erfahren, daß Juan sich um die Wunden sorgte, die er sich am Kopf zufügte, wenn er sich vom Jucken der Läuse zu erleichtern suchte.

Eines Morgens, trotz der Kälte an die Gitterstäbe des scheibenlosen Fensters geklammert, hörte er die Stimme des Offiziers, der die Todeskandidaten des Tages ablas, den Namen Eugenio Paz rufen. Juan vollbrachte den letzten körperlichen Kraftakt seines Lebens, indem er sich an den Gitterstäben hochzog, bis sein Kopf auf Fensterhöhe war, und rief:

»Eugenio, steig nicht in den Lastwagen! Ich bin's, Juan!«

Die Stimme des Offiziers schrie weiter Namen in die Luft, als könnte nichts und niemand sie unterbrechen. Juans Kräfte ließen nach, und er fiel geschwächt zu Boden. Er weinte, niemals hätte er es für möglich gehalten, daß man nach einem Krieg noch so weinen konnte. Als das Motorengeräusch der Lastwagen sich jenseits des Hoftors verlor, hätte ein Spezialist für Schluchzer, irgendein erfahrener Deuter des Weinens, unter den erstickten Lauten, die Juan ausstieß, wohl das Wort »Lebwohl« vernommen. Aber es hörte ihn niemand, und die nächsten zwei Tage und Nächte brachte er in einem gegen Kälte, Hunger und fremden Atem unempfindlichen Dämmerzustand zu, als wäre sein Organismus stehengeblieben, als wäre die Zeit selbst vor Traurigkeit gestorben.

Juan wußte nun, daß ihm nicht mehr viel Zeit blieb, seinen Brief zu vollenden. Mit sorgfältiger, winziger Schrift setzte er ihn fort, bis alles Papier, das er sich hatte beschaffen können, verbraucht war.

Ich lebe noch, aber wenn Du diesen Brief erhältst, wird man mich erschossen haben. Ich habe versucht, wahnsinnig zu werden, aber es ist mir nicht gelungen. Ich gebe es auf, mit all dieser Traurigkeit weiterleben zu wollen. Ich habe entdeckt, daß die Sprache, die ich mir für eine schönere Welt erträumte, in

Wirklichkeit die Sprache der Toten ist. Vergiß mich nicht, und sieh zu, daß Du glücklich wirst. Inniglich, Dein Bruder Juan.

Er versuchte sich den Gesichtsausdruck des Leutnant Kaplan vorzustellen, wenn er seinen Brief zensieren müßte. Dann klebte er den Umschlag zu, schrieb die Adresse seines Bruders darauf und übergab ihn dem diensthabenden Wächter zum Weiterbefördern. Das war der Gang der Dinge.

So verabschiedeten sich die Toten von den Lebenden.

Drei Tage später mußte Feldwebel Edelmiros Stimme seinen Namen wiederholen, bevor Juan aus seiner Benommenheit auffuhr. Jemand half ihm bis zur Tür, und dieses Mal bewachten ihn die Soldaten nicht, sondern benötigten ihre ganze Kraft, um Juan Senra vor die Frau im Persianer zu schleppen. Mütterlich besorgt stand sie da, verbarg mit ihrer dunklen Gier die schmächtige Gestalt von Oberst Eymar, der sich wie immer diskret im Hintergrund hielt.

Sie fragte ihn, ob er krank sei. Juans Antwort ließ auf sich warten, als habe er nicht verstanden, doch schließlich brachte er heraus: »Ich bin tot.« »Na komm schon«, sagte die Frau aufmunternd und drängte ihn zur Steinbank. »Alles geht vorbei.« Juan ließ sich kopfschüttelnd führen.

»Du bist noch jung, und all das geht vorbei. Du wirst schon sehen.« Aber Juan schüttelte weiter zahm den Kopf. »Ich habe dir ein Sandwich mitgebracht.«

»Ich habe keinen Hunger.«

»Du mußt etwas essen, du siehst schlecht aus.«

»Es geht mir gut.«

»Was ist denn los mit dir?«

Juan blickte zu den beiden halbverschwommenen Wesen, die da zu ihm sprachen und ihn behandelten, als wäre er so etwas wie ihr Eigentum. Sie betrachteten ihn als ihr Spielzeug, das funktionieren mußte, wenn man es aufzog, sich in Bewegung setzen mußte, wenn man es anschob, stehenbleiben mußte, wenn man es ihm befahl. Deshalb war ihnen sein jetziges Verhalten so unverständlich.

»Ich habe mich erinnert«, sagte er.

Und die Frau beging den Fehler, zu fragen, woran er sich erinnert habe, um davon so zu erkranken.

Juan erwiderte, er habe sich an die Wahrheit erinnert, daran, daß ihr Sohn zu Recht erschossen wurde, weil er ein Verbrecher war, kein Kriegsverbrecher, eine den Kriterien der jeweiligen Seite unterworfene Bezeichnung, sondern ein gemeiner Verbrecher, ein Dieb, ein Mörder von Zivilpersonen, die er für seine Schwarzmarktgeschäfte beraubt hatte, ein krimineller Rädelsführer und, das Schlimmste, ein Verräter an seinen Kumpanen. Dank ihm war ein Netz von Verrätern gefaßt worden, dank ihm waren ganze Organisationen von Medikamentenschiebern zerschlagen worden. Aber glücklicherweise hatte ihm seine Feigheit rein gar nichts genützt, war er schließlich von einem gerechten Gericht zum Tode verurteilt und von einem noch gerechteren Erschießungskommando hingerichtet worden. Und sein Tod war alles andere als heldenhaft, ich – das war eine Lüge – war dabei, das Erschießungskommando stand unter meinem Befehl. Er hat sich in die Hosen gemacht vor Angst, hat geheult, gewimmert, wir sollten ihn nicht töten, er würde uns noch mehr über die francotreuen Organisationen in Madrid verraten ... ein Stück Dreck war er, und als solches ist er auch gestorben. Alles, was ich Ihnen erzählt habe, war gelogen. Ich habe versucht, meine Haut zu retten, aber inzwischen will ich gar nicht mehr leben, wenn Ihnen das irgendeine Genugtuung verschafft. Ich will gehen.

Es fuhr auf sie herab wie ein Blitzschlag, dessen Wucht den Atem von Oberst Eymar und seiner Frau gefrieren ließ. Erstarrt lauschten sie diesem flüchtigen Portrait ihres Sohnes, dessen Farben sie sofort als die der Wahrheit erkannten. Niemand lügt, um zu sterben.

Sie hinderten ihn nicht einmal daran, das Kämmerchen zu verlassen, in das er fast bewußtlos geschleppt worden war und das er jetzt mit der Aufforderung an den Feldwebel verließ, ihn nach oben zurückzubringen. Worauf der Unteroffizier sich erst der Zustimmung des Oberst zu versichern suchte. Der gläserne Blick seines Vorgesetzten wurde von ihm als beipflichtend interpretiert, und mit einer Resolutheit, zu der er sich plötzlich wieder angehalten fühlte, versetzte er Juan Senra einen Stoß und bewahrte vorsichtigen Abstand, während sie die Treppen zum zweiten Stock hinaufstiegen.

Juan Senra sprach mit niemandem. Er stellte sich nicht in die Schlange, um die Brühe in seinen Eßnapf geschüttet zu bekommen, sondern blieb stumm am Fenster stehen, durch dessen Gitterstäbe ein weiter, grauer Himmel zu erahnen war, der die Existenz des Frühlings zu verleugnen schien.

Zwei Tage später war sein Name der erste auf der Liste fürs Tribunal. Er war der erste, der vor Oberst Eymar trat. Er war der erste, der an jenem Tag zum Tode verurteilt wurde, und weder Leutnant Rioboos Drohungen noch die Ohrfeigen des Flaggen ausmalenden Albino-Sekretärs konnten ihn dazu bringen, eine auch nur annähernde Habachtposition anzunehmen.

Am nächsten Morgen war sein Name der erste auf der Liste für den Hof, und als der Lastwagen, der ihn mit den anderen Verurteilten zum Almudena-Friedhof brachte, durch das Tor hinausfuhr, dachte Juan, wie sehr es Eduardo López beruhigen mußte, daß es keinerlei Grund gab, ihn am Leben zu halten. Er versuchte sich vorzustellen, nach welchen unergründlichen Kriterien der Leutnant Kaplan wohl den Brief zensiert hatte, den er an seinen Bruder geschrieben hatte, und der Gedanke erleichterte ihn, daß er niemals abgeschickt werden würde.

Außerdem, und auch das verschaffte ihm einen gewissen inneren Frieden, würde aus Oberst Eymars

Gesicht für immer dieser Zug ungestrafter Selbstzufriedenheit verschwinden.

Er verspürte erst keinen Haß mehr, als er an seinen Bruder dachte.

VIERTE NIEDERLAGE: 1942
oder
Die blinden Sonnenblumen

EHRWÜRDIGER PATER, *ich habe die Richtung verloren wie eine blinde Sonnenblume. Ich habe auch einen Kommunisten sterben sehen, doch in allem anderen wurde ich besiegt, Pater, und deshalb fühle ich mich* sicut nubes ... quasi fluctus ... velut umbra ... *wie ein flüchtender Schatten.*

Lesen Sie meinen Brief wie eine Beichte, nach der Sie mir, so Gott will, die Absolution erteilen mögen. Doch wenn, wie ich fürchte, meine Sünde keine Vergebung findet, beten Sie für mich, denn ob meiner Reue hege ich selbst Zweifel – so sehr hat sich der Dämon meines Körpers bemächtigt –, soll dieser Brief auch eingehende Rechenschaft über meine Zerknirschung ablegen.

Alles begann, ehrwürdiger Pater, als ich auf Ihren Ratschlag hin in die glorreiche nationale Armee eintrat. Drei Jahre lang habe ich für unseren Kreuzzug an der Front gekämpft, habe mein Los mit ruhmreichen und schreckenerregenden Wesen geteilt, mit Soldaten voller Ideale und mit niederen Instinkten, die aber Gott zugeneigt sind, wenn sie zwischen Untergang und Glorie wählen müssen. Ihnen schloß ich mich an, mit ihnen verschmolz ich. Gewiß ist jedenfalls, daß auch ich kein Vorbild der Heiligkeit abgab, denn angesichts solchen Grauens sind die Instinkte schließlich und endlich ein Lebensanker, und zur Pflicht eines Soldaten gehört das Wissen, daß Tote keine Schlacht gewinnen. Ich habe mit meinem Blut dazu beigetragen, den Monte Quemado in einen Monte Exterminio zu verwandeln.

Selig, die da hungert nach Gerechtigkeit, quoniam et ipsi

saturabuntur, *denn sie sollen satt werden. Doch jetzt frage ich mich, Pater, werden wir wirklich satt, wenn wir bei den Toten, den Gescheiterten, den Wracks des Krieges um Vergebung flehen müssen?*

Drei lange Jahre dem Leben fremd – dem eigenen und dem fremden – machen einen Kreuzritter zum Soldaten und die Heerscharen Gottes zu Soldatengesindel. Der Überlebende braucht etwas mehr zum Leben als das bloße Leben; den Triumph über das Böse zu zelebrieren ist ein weiterer Aspekt des Sieges. Gottes Zorn kann uns den Kopf verdrehen. Pater, ich habe das Fleisch erkannt.

Das Fleisch ist wie die Tiger, die dem Menschen innewohnen, versteht es wie Amphion, überaus kunstvoll jeden einzelnen Stein, noch die tiefsten Grundfeste der Seele zu rühren. Das Fleisch, Pater, Sie werden es aus den Beichten wissen, ist etwas Wunderbares. Es kann uns Stolz darüber einflößen, gesündigt zu haben, und sogar die tückische Befriedigung, einem Körper Genuß zu verschaffen, der im Grunde nur sterben will, aber trotz seiner Erniedrigung einen Schrei des Lebens ausstößt, der den Amboß zum Schmelzen bringen könnte, welcher dem Soldaten zum Schmieden seines Eisens dient.

Wahrscheinlich trugen sich die Ereignisse so zu, wie andere sie berichten, aber mir erscheinen sie nur als Landschaft, in der meine Erinnerungen leben. Immer noch frage ich mich, wie die Bäume waren, als sie gepflanzt wurden, oder wie meine Mutter als junge Frau war oder wie ich aussah, als ich ein Kind war.

Ihr Andenken wurde nach und nach von all dem verändert, was überlebt hat, denn ihre Unmittelbarkeit ist mit der Erinnerung unvereinbar; aber was wir auf dem Weg verloren haben, ist immer noch im Augenblick seines Verschwindens erstarrt und behauptet seinen Platz in der Vergangenheit.

Deshalb weiß ich, wie war, was verschwand, was ich hinter mir ließ oder was mich an einem Punkt meines Lebens verließ und niemals dorthin zurückkehrte, wo die Wirklichkeit sich nach und nach verändert, wo das Gegenwärtige dem Vergangenen keinen Platz läßt.

Vielleicht erinnere ich mich deshalb an meinen Vater als jungen, großen, schlaksigen Mann, der kraftvoll meine alte, müde, sanfte Mutter umarmt. Erinnere mich an Bruder Salvador in seiner Soutane des Feldgeistlichen, der meine alte, müde, sanfte Mutter bedrängt, und an grobe Polizisten, die meine alte, müde, sanfte Mutter beschimpfen. Aber vor allem erinnere ich mich an ein Kind, das in tiefem Einverständnis mit seiner alten, müden, sanften Mutter ist, die es mir nicht zu erinnern gelingt, wie sie Erzählungen zufolge war: jung, kraftvoll und sanft.

Ach! Sie wollten die Ordnung der Dinge verändern, in die Absichten des Herrn eingreifen, ohne zu bedenken, daß non est potestas nisi a Deo, *und so mußten wir die Ruchlosen eine neue Ordnung lehren. Wir mußten unseren Sieg verherrlichen.*

Als ich zurückkehrte, Pater, von Elend und Sünde gemartert, und im Seminar um Vergebung suchte, wäre Euer Vergeben vielleicht besser gewesen als die schwere Probe, der Ihr, meine Lehrer, mich zu unterziehen beschloßt. Ich hatte eine bessere Ausbildung genossen als ein Großteil meiner Kameraden, aber gern willigte ich ein, eine Stelle als Vor- und Grundschullehrer im Colegio de la Sagrada Familia anzunehmen. Ich willigte ein, im ausschließlich der Erziehung gewidmeten Orden Santo Padre Gabriel Taborit Diakon zu werden. Ich bin einem geringeren Orden beigetreten, um meine Abwege zu vergessen und erneut ins Licht zu treten.

Das Licht! Wie trostlos ist es mir heute, vom Licht zu sprechen, Pater! Meinen Vorschülern sprach ich vom Licht, um ihre einfältige Unruhe zu wecken: Numera stellas, si potes, *sagte ich ihnen, damit sie sich winzig, unbedeutend, untergeordnet vorkamen. Aber wie langsam erhellt das Licht Dunkelheit und Schmerz! Mit welch tiefsinniger Kunst hat Gott den Schmerz erschaffen! Und eigentlich möchte ich, wie ich jetzt merke, vom Schmerz sprechen, denn ich habe gelernt, daß Licht und Schmerz Facetten derselben Glut sind.*

Alles begann mit einem seltsamen Jungen unter den Grundschülern. Gott allein weiß, warum mir unter den mehr als zweihundertdreißig Schülern ausgerechnet er auffallen mußte. Alle waren so unterernährt, daß seine Magerkeit keine Besonderheit darstellte. Alle waren so folgsam, so gefügig, daß seine Verzagtheit unterging in diesem Pulk verschreckter Kinder, die in der Ordenskutte das Symbol der wiedergekehrten Autorität sahen, eine weitere Uniform der göttlichen Heerscharen. Er spielte in den Pausen, ja, wie seine Kameraden, stand stumm in der Reihe wie seine Kameraden, paßte beim Unterricht auf wie die anderen … aber er hatte etwas an sich, das nach und nach meine Aufmerksamkeit fesselte. Zunächst erstaunte es mich, daß er trotz seiner sieben Jahre bereits das Einmaleins beherrschte, während seine Klassenkameraden über ihrem Cato stammelten und Buchstaben zu Worten aneinanderreihten, die sie nicht verstanden. Lorenzo, so hieß der Junge, las selbstverständlich ganz flüssig.

»Komm schon, Lorenzo, es ist acht.«

Lorenzo tauchte in den Tiefen der Bettdecke nach den Fetzen des unterbrochenen Schlafes.

»Wir kommen noch zu spät zur Schule ... Ich mach dir das Frühstück.«

Der Winter drückte gegen die Balkone, wie auf der Lauer nach der lauen Wärme und dem Zichoriengeruch im Inneren der Wohnung. Gegen alles konnte sich Lorenzo verschließen, nur nicht gegen den Hunger, und so gehorchte er und stand langsam auf. Er zog seinen Mantel über den Pyjama und ging durch den Korridor in die Küche am anderen Ende der Wohnung. Sein Vater, angezogen und unrasiert, hantierte im Herd herum, damit wenigstens eine Platte warm genug wurde, um die Milch zu wärmen.

»Guten Morgen, mein Sohn.«

Ein Brummen und eine Schnute waren Lorenzos ganze Antwort, während er sich lustlos auf den einzigen Küchenstuhl fallen ließ.

Außer dem eisernen Herd gab es noch einen Marmortisch mit gußeisernem, bronzefarbenem Gestell und ein Spülbecken aus Granitimitat. Eine Zinkplatte auf dem Kohlenkasten diente als Abstellfläche für einen makellos aufgestapelten, makellos sauberen Haufen Töpfe und Pfannen.

Das Fenster mit dem Kühlkasten ging auf einen kleinen Hinterhof hinaus, der das Tageslicht erahnen ließ. Die Scheibengardinen und die abgedrehte Glühbirne schützten die Küche vor fremden Blicken. Vom Hof her zeugten gedämpfte Stimmen und anhaltendes Eierquirlen davon, daß der Tag begonnen hatte.

»Trink deine Milch.«

Das Schrotbrot schwamm nicht. Sofort sank es auf den Grund der henkellosen Tassen, aber der Hunger war so abgerichtet, daß er weise wartete, bis die Krumen sich mit Milch vollgesogen hatten und genießbar wurden.

»Ich will nicht in die Schule gehen, Papa.«

»Und warum das auf einmal?«

»Weil Bruder Salvador es auf mich abgesehen hat ...«

Das Gespräch blieb in der Luft hängen, da die Mutter, bereits angezogen, die Küche mit den Kleidern des Jungen betrat und ihm mit rascher, effizienter Mütterlichkeit das Gesicht mit einem Handtuch abrieb, das sie in das lauwarme Wasser eines ebenfalls auf der Herdplatte stehenden Topfes getaucht hatte. Sie streifte ihm die Strümpfe über, zog ihm Mantel und Schlafanzugoberteil aus und half ihm in ein graues Flanellhemd. All das geschah, ohne daß Lorenzo sein aus der Milch und dem Schrotbrot bestehendes Frühstück unterbrach. Sie zwängte ihn in einen dicken Wollpullover, der kaum über seinen Kopf ging, und fast ohne ihren Sohn von dem Stuhl hochzuheben, auf dem er zusammengesunken war, zog sie ihm das Unterteil des Schlafanzugs aus und ersetzte es durch eine kurze Hose mit Brustlatz, den sie geschickt wie ein Taschenspieler unter dem Pullover hochzog, bis sich die Träger zuknöpfen ließen. Das Ende des Frühstücks stand unter dem Zeichen eines Kamms, der große Mühe hatte, einen widerspenstigen Haarwirbel zu bändigen, der dem Jungen etwas von einem Persönchen auf der Flucht verlieh. Ein blauer Wollmantel mit abgewetzten Ellenbogen und ein grüner Schal, der Lorenzos Gesicht bis über die Nase verdeckte, waren das Signal, daß die Gnadenfrist abgelaufen war.

»Nun mach schon, wir kommen noch zur spät zur Schule. Gib deinem Vater einen Kuß.«

So gefügig, wie er sich hatte waschen, anziehen, kämmen und einmummeln lassen, während er sein Schrotbrot und seine Milch zu sich nahm, so schmeichelnd sah er jetzt seinen Vater an.

»Ich will nicht in die Schule gehen, Papa.«

»Sprich nicht so laut, man wird dich noch hören.«

»Er sagt, Bruder Salvador hat es auf ihn abgesehen.«

»Das stimmt. Er stellt mir unentwegt Fragen ... sogar in der Pause.«

Seine Eltern wechselten unauffällig einen Blick. Trotz der Eile versuchten sie, ihr Nachhaken so beiläufig wie möglich zu gestalten.

»Und was fragt er dich?«

»Was meine Mama macht, warum du mich nie von der Schule abholst … ob ich gern lese … all so was.«

»Und was antwortest du, wenn er nach mir fragt?«

»Daß du tot bist.«

Ich habe eine glückliche Erinnerung an meine Kindheit, Pater. Die Gläubigkeit meiner Eltern und die Tugend meiner Lehrer weckten in mir von klein auf die Liebe zu Jesus. Als Kind liebte ich das Jesuskind, als Halbwüchsiger bereitete ich mich darauf vor, ein Soldat Christi zu werden, und als die Stunde gekommen war, mein Leben ganz der heiligen Mutter Kirche zu weihen, trat ich ins Priesterseminar ein. Jetzt erinnere ich mich an all dies, als habe mein Körper dabei nicht existiert, als hätten einzig Berufung und Opferbereitschaft meinem Leben Substanz verliehen. Später hat eine süße Flut aus Hingabe und Qualen mich dem Leben ferngehalten und eine Seele geformt, die sich in der heroischen Eroberung der theologischen Tugenden, der tiefen Überzeugung in den Glauben und der inneren Stille der Meditation genügte.

Vielleicht fand ich mich deshalb wehrlos, Pater, als ich ins Leben gestoßen wurde, in seine Verderbtheit und seine Unordnung, denn bis ich es erblickte, Pater, hatte ich das Böse nicht gekannt. Und ich glaube, das Böse wußte darum.

Es stimmt, daß ich mich freiwillig dem Kreuzzug anschloß, und wäre meine letzte Stunde während des Kampfes gekommen, hätten Sie und die Meinen nur sagen können, was der Vater auch vom Sohn sagte: Oblatus est quia ipse voluit. *Es ist wahr, ich selbst suchte das Opfer, aber ebenso wahr ist auch, daß ich keine Ahnung hatte, wie schrecklich die Welt ist. Wie prahlerisch, mitläuferisch, verlogen, sündig und heroisch. Nach und nach sah ich mich aller Deckung beraubt, als wäre ich im Begriff, die Schlacht zu verlieren.*

Inzwischen kann ich davon sprechen, fällt mir das Erinnern auch schwer, nicht, weil mein Gedächtnis schwächer wird, sondern wegen des Ekels, den meine Kindheit in mir hervorruft. Jene Jahre sind in meinem Gedächtnis verhaftet als etwas Unermeßliches, das sich in einem Spiegel abspielte, als etwas, das ich zu meinem Unglück gleichzeitig erleiden und beobachten mußte. Auf meiner Seite des Spiegels war die Verstellung, das Vorgetäuschte. Auf der anderen das, was wirklich geschah. Die Erinnerungen, die ich an das Kind, das ich einmal war, in mir trage, erschrecken mich noch heute, denn mit den Jahren drängt sich mir die Überzeugung auf, daß nichts von all dem geschehen wäre, wäre ich kein Kind gewesen.

Es gab eine Welt namens Alcalá 177, und dort war die Wohnung C im dritten Stock mein Territorium. Dieser Planet befand sich in einem riesigen, lauernden Universum, das aus einem dreieckigen Straßenblock bestand, den die Straßen Alcalá, Montesa und Ayala begrenzten. Ein Straßenblock, der nicht einmal vier Seiten hatte, wie alle anderen, aber trotzdem war es mein Kosmos! Etwas weiter befanden sich weitere Galaxien: die Calle Torrijos und die Calle Goya auf der einen Seite, auf der anderen die finstere Welt der Fuente del Berro und der Plaza de Manuel Becerra, wo Kinder wohnten, die ärmer waren als wir, mit denen uns ein ungerechtfertigter gegenseitiger Haß verband, den einzig erklärte, daß damals alles Banden angehörte: jeder Gehsteig, jeder Fußball, jeder Kreisel, jeder Radiergummi und alle Freunde. Außerdem erinnere ich mich an einen kahlen, hastigen Durchgang, der zum Colegio de la Sagrada Familia führte, einem kleinen Palais an der Ecke der Straßen Narváez und O'Donnell. Eine Viertelstunde Weg, den ich, allein oder begleitet, unzählige Male zurücklegte und der mir doch so fremd blieb, das es mir nicht gelingt, die Umgebung genau zu rekonstruieren. Tatsächlich war ich erst wieder in meinem Universum, wenn ich in meinen Straßenblock zurückkam.

Aber die nachhaltigste Erinnerung von allen ist, daß ich einen Vater hatte, der sich in einem Schrank versteckte.

Ich glaube inzwischen, Pater, daß ich auf ihn aufmerksam wurde, weil etwas ihn von den anderen unterschied: Er war ein trauriger Junge, dabei aber seltsam verständig für sein Alter. In seinen Spielen bar jeder Zwietracht, seinem Gehorsam bar jeder Unterwürfigkeit, seinem Interesse am Lernen und dem Stolz über sein Wissen, in seinem Schweigen ... Vielleicht erinnerte mich sein Kindsein an meines, und ich wollte in diesem Vorschüler das Kind wiederfinden, das ich selbst einmal war. Ich dachte, er könnte einen guten Hirten für unsere Kirche abgeben. Weh mir!

Ich bemerkte noch weitere Unterschiede: Wenn alle Schüler sich abends vor dem Verlassen der Schule stramm in Reih und Glied aufstellten und als Verabschiedung eines Tages froh-

lockenden Lernens unsere glorreiche Hymne Cara al sol *anstimmten, zeigte Lorenzo nicht den patriotischen Geist, den seine Kameraden an den Tag legten. Er nahm Haltung an, das schon, doch als ich mich ihm einmal leise von hinten näherte, bemerkte ich zu meiner Verblüffung, daß er zwar den Arm in die Luft reckte und die Lippen bewegte, aber nicht sang. Wir baten ihn um Liebe für sein Vaterland, und er schenkte uns sein Schweigen!*

Zur Strafe verbot ich ihm, den Hof zu verlassen, ehe er nicht die gesamte Hymne gesungen hatte, aber er sang nicht. Aufrecht stand er mit ausgestrecktem Arm da, ohne auch nur mit der ersten Strophe zu beginnen. Ich weiß nicht, was stärker in mir war, die Wut über seine Auflehnung oder die Freude über die Gelegenheit, mit meiner Autorität das ungläubige Kind eines gottlosen Jahrhunderts zu beugen. »Sing!« befahl ich ihm, »das ist die Hymne derer, die ihr Leben für das Vaterland geben!«

»Mein Sohn will für niemanden sterben, er will für mich leben«, sagte eine sanfte, süße Stimme in meinem Rücken. Ich drehte mich um, und da stand sie.

Jetzt verstehe ich den Satz aus dem Ecclesiasticus: Der Blick einer reizvollen Frau ohne Tugend versengt wie Feuer. Damals wußte ich nicht, daß dies der Beginn meiner Abwege war.

Sie brachten den Jungen ins Bett und setzten sich schweigend in das ins Halbdunkel getauchte Eßzimmer. Das Schweigen war Teil der Unterhaltung, denn keiner wollte sich beklagen. Obwohl vor das Eßzimmerfenster, das auch auf den Küchenhof hinausging, ein dicker blauer Samtvorhang gezogen war, Relikt früherer Zeiten, bevor alles Veräußerbare verkauft wurde, wie die Anrichte mit Schnitzereien mittelalterlicher Kriegerköpfe auf den Türen, der Wandschrank mit Tellern aus englischem Porzellan und ein seltsamer Fisch aus Muranoglas mit offenem Maul, blieb das Ehepaar im Dunkeln des nur vom Korridor her beleuchteten Zimmers sitzen, damit niemand bemerkte, daß es in der Wohnung zwei Erwachsene gab.

Solange es draußen heller war als drinnen, konnte Ricardo Mazo sich relativ frei in der Wohnung bewegen, er mußte sich nur von Fenstern und Balkonen fernhalten. Die hinteren Zimmer gingen zur Calle Ayala auf das Kino Argel hinaus, wo morgens niemand war. Diese Zeit nutzte Ricardo, um, mit den nötigen Vorsichtsmaßnahmen, einen Blick auf die Straße zu werfen, Leute zu sehen, die sich ungehindert in einer Stadt voller Orte, Gespräche, Begrüßungen, Eile und Geschäftigkeit bewegten, die ihn an seine eigenen erinnerten. Doch sobald es dunkel wurde, betrat Ricardo nie ein erleuchtetes Zimmer, wartete, bis das Licht im Korridor ausgeschaltet war, um ins Bad zu gehen, und bewegte sich so lautlos vorwärts, daß er manchmal selbst seine Frau und seinen Sohn erschreckte. Alles war darauf ausgerichtet, daß er im erleuchteten Raum keinen Platz einnahm.

»Ich muß hier weg, ich muß versuchen, nach Frankreich zu kommen.«

Elena griff über den Tisch nach den Händen ihres Mannes. Es war nutzlos zu wiederholen, daß es noch nicht möglich war, daß man abwarten mußte, bis die Vergeltungsschläge nachließen, daß die Regierung von Vichy spanische Flüchtlinge heimlich deportierte und daß sie, wenn es so weit war, alle gemeinsam fliehen würden, sie beide und der Junge. Was von der Familie übrig war, würde sich nicht mehr trennen. Kurz vor Ende des Krieges war ihre ältere Tochter Elena mit einem halbwüchsigen Dichter durchgebrannt, und sie hatten nie wieder etwas von ihr gehört. Sie wagten sich nicht einmal zu fragen, ob sie noch am Leben war.

Im achten Monat schwanger, war ihre Tochter wenige Monate vor Kriegsende aus Madrid geflohen, um einem dichtenden Jüngling zu folgen, der verklärt Garcilaso de la Vega rezitierte.

Der Junge hatte einige Gedichte – pindarische Oden nannte er sie – in *Mundo Obrero* und ein paar anderen Blättern der Volksarmee veröffentlicht und fürchtete, dies könnte ihm zum Verhängnis werden. Er versteckte sich bei Eulalia, einem ehemaligen Dienstmädchen von Elenas Eltern, bis es ihnen gelang, Madrid in einem Viehtransporter nach Valladolid heimlich zu verlassen. Sie hörten nie wieder von den beiden, doch war die Vorstellung tröstlich, sie könnten den Weg ins Exil geschafft haben.

Kann man nur flüstern, verflüchtigen die Worte sich nach und nach, wird die Unterhaltung zu einem Austausch von Blicken und Gesichtsausdrücken. Die Angst verwischt die Nuancen der Stimme, denn die dunkle Seite der Dinge läßt sich nur schweigend ausdrücken.

Ich war einfältig, Pater, denn ich glaubte, daß alles auf der Welt bereits einen Namen trage, das heißt, klassifiziert sei. Ich dachte, darauf begründe sich die Harmonie der Dinge. Es genügte mir, jedes Ding bei seinem Namen zu nennen und Empfindungen im theologischen Lexikon nachzuschlagen, um zu wissen, ob von Gnade oder Verdammnis zu sprechen sei. Aber es gibt ein Niemandsland, Pater, in dem Sünde und Sühne nicht zu finden sind, aber auch nicht Tugend und Lohn: Müßte ich eine Weltkarte zeichnen, würde ich einen breiten, dunklen Streifen darin ziehen und mich mit dem Recht der Entdecker erdreisten, ihn Elena zu nennen. Elena war Lorenzos Mutter. Voluntas bona, amor bonus; voluntas mala, amor malus. *Der heilige Thomas wäre erstaunt über die Komplexität meiner Karte. Alle Landschaften weisen eine trübe Seite auf, die nicht einfach auf die Geographie zurückzuführen ist. Unser Wesen birgt einen dunklen Punkt, Pater, den unsere Kirchenväter außer acht ließen: Zwischen Seligkeit und Verderbnis erstreckt sich ein unermeßliches Feld, in dem das Problem von Gut und Böse ungelöst bleibt, ein zwiespältiger Bereich, der, jetzt weiß ich es, eben den Kindern Adams bestimmt ist. Man muß der auserwählte Sohn des Herrn sein, Pater, um nicht zwischen dem Göttlichen und seinem Widerpart wählen zu müssen. Ich bin nur ein Mensch, Pater, Sohn der Erbsünde und des Fluches, der ihr anlastet.*

Unsere Wohnung lag zu beiden Seiten eines Korridors. Auch das Mietshaus war zweigeteilt: die Wohnungen mit den Balkonen zur Calle de Alcalá bildeten den vornehmen Teil der Nachbarschaft, die bescheideneren gingen auf die Calle Ayala hinaus. In so einer lebten wir.

Könnte ich auch jeden Zentimeter dieser Wohnung beschreiben, werden mir am unvergeßlichsten immer ihre Fenster bleiben, die unablässig unser Leben belauerten; sie bildeten die Schwachstelle unseres Familienfriedens. Waren sie geöffnet, durfte ich nur mit meiner Mutter laut sprechen. Abends mußten wir warten, bis mein Vater das Zimmer verlassen hatte, um Licht zu machen. Dieses Spiel aus Schweigen und Dunkelheit wurde von einem dritten Element durchbrochen, dessen Auftreten jegliche Beschäftigung zum Erstarren brachte: dem Geräusch des Aufzugs.

Die Zeit, die er von dem Moment, in dem er sich in Gang setzte, bis zu unserem Stock hinauf brauchte, hatten wir alle exakt verinnerlicht. Hielt er im zweiten Stock oder fuhr er weiter, ging alles weiter, wo es aufgehört hatte; hielt er im dritten Stock, gefror nicht nur die Zeit, sondern stockte selbst die Luft, bis wir es in irgendeiner der anderen drei Wohnungen auf unserer Etage klingeln hörten. Alle Geräusche, alle Stimmen, alle Manifestationen des Lebens um uns herum hatten mein Vater, meine Mutter und ich perfekt unterteilt in mögliche Gefahr und alltägliche Echos. Niemand erwähnte je dieses vom Aufzug hervorgerufene Schweigen, so wie niemand ein Wort darüber verlor, wenn mein Vater, läutete es bei uns, sich in einem Wandschrank versteckte, der sich hinter einem Ankleidespiegel mit zwei Tischchen befand.

Der Wandschrank war nicht für den Zweck gebaut worden, dem er jetzt diente. Noch vor dem Krieg hatte man den unregelmäßigen Grundriß des Schlafzimmers durch eine eingezogene Trennwand quadratisch gemacht und so einen dreieckigen Raum geschaffen, an dessen Vorderseite ein mannshoher Spiegel mit Mahagonirahmen angebracht war, der in Wirklichkeit die Tür des Wandschranks darstellte. Eine Person fand stehend oder liegend bequem darin Platz, und die Türscharniere waren verdeckt durch einen mächtigen Rosenkranz aus dicht gefädelten Holzperlen, an dem ein silbernes Kruzifix mit einem Christus hing, der so schmerzverzerrt dreinblickte, daß ich es stets vermied, allein mit ihm im Zimmer zu bleiben.

Neben zwei Betten mit vernickelten Eisengestellen, deren Kopfenden mit Weinblättern aus ziseliertem Messing und einem länglichen Kristallglas verziert waren, gab es dort einen mächtigen dreiteiligen Kleiderschrank mit einem riesigen Spiegel auf der mittleren Tür, mit dessen Hilfe ich von einer Welt träumte, wo meine Rechte ihre Linke wäre und umgekehrt. Ich erinnere mich, daß mein Vater diese Verwechslung als so etwas wie »unterschiedliche Blickwinkel bei der Betrachtung der Dinge« bezeichnete. In diesem Kleiderschrank befand sich meine Kleidung und die meiner Mutter. Er roch nach Mottenkugeln. Die meines Vaters war mit ihm in seinem

Unterschlupf verborgen. Den Geruch dieses Verstecks habe ich immer noch in der Nase; Armeleuteküchen haben ihn mir wiedergebracht und schmutzige Fingernägel, abgestumpfte Blicke, von den Ärzten aufgegebene Kranke, vom Leben Erniedrigte und die Wachhäuschen in den Kasernen. Im Gefängnis riecht es anders; dort riecht es nach Lauge und dem Geruch, der der Kälte anhaftet.

Ich fühlte mich als Hirte und stellte glücklich fest, daß es in meiner Herde verirrte Schafe gab. So fern lag es mir, Pater, in mir den Wolf zu sehen! Wie Bossuet habe ich meinen Kelch angefüllt, um ihnen die Geheimnisse unseres Herrn zu trinken zu geben. Ich begann ihnen unauffällig nachzustellen.

Nie wieder habe ich den Jungen zum Singen gezwungen, obwohl ich sein Täuschungsmanöver wohl durchschaute. Wenn nachmittags die Reihen aufgelöst wurden, rannten die Schüler zum Schultor. Ich behielt Lorenzo im Auge, und nicht selten ergab es sich, daß ich auf seine Mutter stieß. Anfangs beschränkten wir uns auf einen förmlichen Gruß, und obwohl sie es mied, sich mit mir zu unterhalten, wechselten wir doch nach und nach ein paar Worte über den Jungen, über die kindliche Unbesonnenheit, über die Mission des Unterrichtens und über andere Themen, die, so dachte ich, mir den Weg ebnen würden, um die Wahrheiten der Seele zur Sprache zu bringen.

Ich merkte, Pater, daß ich mich in ihrer Nähe wohl fühlte, doch wenn Gott beschlossen hat, dachte ich, dem Mann eine Gefährtin zur Seite zu geben, Seinem ersten Menschen zum Bilde, adjutorium simili sibi, *war es auch Sein Wille, daß ich mich auf diese Weise zu ihr hingezogen fühlte. Lorenzo schwieg, und ist es wohl wahr, daß er geradezu ungehörig den Blick seiner Mutter suchte, so war ich, weit davon entfernt, ihre Verschworenheit zu bemerken, auch von der Liebe angezogen, die er für seine Mutter hegte. Das Pech ist zäh und schwarz, damit niemand es durchschaut, Pater.*

Ich leugne nicht, daß ich in Elena eine Nachkommin Evas erahnte, nicht der schönen, reinen, anmutigen Eva, geschaffen, um das Herz des Mannes zu erobern und mit ihm zu Gott aufzusteigen, sondern der gefallenen, nackten, reuigen Eva, der ersten Anstifterin des Bösen. Dennoch wurde es mir zur Gewohnheit, Lorenzo und seine Mutter ein Stück ihres Nachhausewegs zu begleiten. Etwas an Elena verleitete mich dazu, mir meine eigene Schlacht zu liefern. Es waren glückliche Momente meines Diakonats in jener Schule.

»Der Junge geht mir nicht mehr in die Schule. Sag, er sei krank.«

»Das würde noch mehr Verdacht erregen.«

»Aber wir können nicht von ihm verlangen, ewig die Nachstellungen dieses Bruders zu ertragen. Wir müssen ihn die Schule wechseln lassen oder eine andere Lösung finden.«

»Mach dir keine Sorgen, wir beide werden mit diesem Salbader schon fertig.«

Jeden Morgen nahm der Widerwille des Jungen, in die Schule zu gehen, neue Formen an: Einmal täuschte er Husten vor, der ihn das Frühstück erbrechen ließ, ein anderes Mal verbarg er wegen unerträglicher Bauchschmerzen den Kopf zwischen den Knien, während seine Mutter sanft versuchte, ihn anzuziehen, dann wieder weinte er einfach nur still vor sich hin.

Erst wenn der Weg in die Schule ganz offensichtlich unvermeidlich wurde, gab er sein Jammern zugunsten eines passiven Widerstandes auf, der jeden Schritt, den er tat, jeden Abschiedskuß, den er empfing, selbst das Verstauen des Hausaufgabenhefts in seinem Lederschulranzen endlos in die Länge zog.

Am Schultor angekommen, schubste Elena ihren Sohn sanft in den Hof hinein und flüsterte ihm verschwörerisch ins Ohr:

»Wir müssen stark sein, um Papa zu helfen. Er braucht uns.«

Danach blieb er an der Hofmauer stehen, bis ein Chor von Kinderstimmen *Montãnas nevadas* oder eine andere patriotische Hymne anstimmte. Die verdunkelnde Routine begann mit diesen klaren Stimmen, die ihnen unbekannte Heldentaten mit für sie unverständlichen Worten lobpreisten. Es war die Zeit des Unbegreiflichen, und niemand versuchte zu verstehen, was vor sich ging.

In ihrem dunklen Mantel mit breitem, rundem Samtkragen ging Elena zurück bis zur Kreuzung Alcalá und Goya, um wie üblich die Metro bis Argüelles zu nehmen, wo sich vier Straßen weiter die Firma Hélices befand, ein den öffentlichen Luftfahrtunternehmen unterstehender spanisch-deutscher Staatsbetrieb, der Elena mit Übersetzungen beauftragte.

Abgesehen von der kleinen Erwerbsquelle, die diese Tätigkeit darstellte, standen Elena dafür zwei Brötchen pro Woche zu, frei von der Lebensmittelkarte, auf der nur sie und der Junge verzeichnet waren.

Die Übersetzungen machte in Wirklichkeit ihr Mann, der so etwas weniger das Gefühl hatte, seiner Frau und seinem Sohn zur Last zu fallen. Die Schreibmaschine, eine schwarze Underwood, auf der in goldenen Lettern der Fabrikname stand, durfte ebenfalls nur benutzt werden, wenn Elena zu Hause war. Verließ sie die Wohnung, machte Ricardo die Arbeit per Hand und tippte sie mit drei Durchschlägen auf Kohlepapier, während sie lautlos aufräumte oder mit der Hand nähte, denn das Geräusch der Nähmaschine – eine Singer in Schwarz und Nickel auf einer Holzplatte mit gußeisernem Gestell – und das der Schreibmaschine waren auch nicht vereinbar.

Um für den Haushalt aufzukommen, nähte Elena für eine Maßschneiderei in der Calle Torrijos, die alle Aufträge, für die besonderes Geschick erforderlich war, an sie weitergab. Ihre Arbeit wurde immer sehr gelobt, ohne daß sich Frau Clotilde deshalb veranlaßt sah, ihre Bezahlung zu erhöhen.

Als sie an jenem Tag mit der eilig zu übersetzenden Abhandlung über Stroboskopie nach Hause kam, teilte María, die Pförtnerin, ihr mit, daß ein Geistlicher für sie vorbeigekommen sei, der sich trotz ihrer Versicherung, es sei niemand da, nicht davon habe abhalten lassen, nach oben zu fahren und eine ganze Weile bei ihnen zu klingeln.

Dieser Kosmos war deutlich in zwei Hälften getrennt: eine düstere und eine leuchtende. Zu ersterer gehörten die Schule, die Fragen meiner Lehrer und das Schweigen; zu letzterer gehörten ein Teil meines Viertels und die darin wohnenden Menschen, jeder auf seine Weise. Im Rückblick habe ich das Gefühl, daß ich wie ein Pendel von einer Seite zur anderen schwingen konnte, ohne durcheinanderzukommen, wie ich es mir vom Spiegel abgeschaut hatte.

Zu Hause lebten wir in beredter Verschwörung, auf der Straße in lärmumtostem Schweigen. Draußen mußte ich vertuschen, was mein Vater mir beibrachte, und drinnen wachrufen, was sich jenseits der Wohnungsgrenzen zugetragen hatte. Der Kontakt zu den anderen Kindern im Viertel war zum Beispiel ein heikler Balanceakt.

Obwohl wir alle unterschiedliche Schulen besuchten, brachten wir in unseren Straßenblock nichts von der Außenwelt mit, nicht einmal die Erinnerung an sie oder die Angst, die unsere Lehrer uns einflößten. An der Kreuzung Calle de Alcalá und Calle Ayala, dem spitzesten Eck unseres Blocks, gab es eine Zahnklinik – eigentlich ein Laden ohne Schaufenster –, vor deren Fassade sich mehrere Marmorblöcke befanden, sowohl längs der Calle de Alcalá, die wir mieden, weil dort oft die blutige Spucke von Patienten klebte, als auch längs der Calle

Ayala, die nicht so belebt und daher Treffpunkt für die Kinder des Blocks war. Wir spielten, was Kinder ohne Spielzeug eben so spielten: Knochenwerfen, Jägerfangen, Bockspringen, Kreisel und andere Spiele, bei denen wir die Opfer und die Henker waren, Spiele, bei denen die Strafe immer schmerzvoll war und das Gewinnen im Wehtun bestand. Auch das war eine Form, mit der Zeit, in der wir lebten, umzugehen.

Alle erzählten oft von ihren Eltern. Einer von ihnen, Tino, der aussah wie ein großer Welpe und zwei verschiedenfarbige Augen hatte, war stolz auf seinen Vater, weil er nicht nur Büroangestellter, sondern auch noch Picador beim Stierkampf war. Für uns war es jedes Mal ein Ereignis, wenn die lange, mit einem Gasgenerator betriebene Limousine der Stierkämpfer ihn abholen kam, und er stattlich und würdevoll in seiner prächtigen Tracht im Hausportal erschien. Ein anderes Mitglied der Gruppe von der Ecke, Pepe Amigo, brüstete sich damit, daß sein Vater sonntags Vögel im Paracuellos del Jarama fing, im Frühling mit Netzen, im Winter mit Vogelleim. Ihre winzige, ärmliche Behausung war voller Käfige mit Distelfinken, die sie nachts zudeckten, damit sie sich von dem Lärm erholten, den sie tagsüber veranstalteten. Pepe Amigos Vater wurde allgemeine Bewunderung zuteil, da er ein Gilera-Motorrad besaß, mit Schalthebel am Tank, so daß er, egal wie schnell er fuhr, das Lenkrad mit einer Hand loslassen mußte, um den Gang zu wechseln, was uns alle tief beeindruckte. Um so mehr, als er ein Hinkebein hatte und sein rechter Schuh durch eine klobige Sohle erhöht wurde.

Ich erinnere mich auch an die beiden Brüder Chaburre, die

zwölf Kühe im rückwärtigen Innenhof des Wohnhauses hielten und an die ganze Nachbarschaft Milch verkauften, abgefüllt in mitgebrachte Aluminiumkannen. Ihr Vater war fürs Melken zuständig, und bei den seltenen Gelegenheiten, bei denen wir sie anschauen durften, stand uns allen vor Augen, wieviel Mut es brauchte, um diese riesigen mürrischen Tiere zu melken.

Ich könnte die Gründe aufzählen, aus denen wir alle die den Block bewohnenden Väter bewunderten. Das war mein einziger Trost an dem Tag, an dem bekannt wurde, daß meiner nicht nur nicht tot war, sondern sich zu Hause aus dem Inneren eines Schrankes heraus auch um mich kümmerte.

Alles, was mir jetzt bleibt, Pater, sind die Trümmer meiner Erinnerung, die hinfälligen Rechtfertigungen meines Handelns. Einleitend sei gesagt, daß ich nicht weiß, warum ich begann, Elena zu folgen, wenn sie den Jungen in die Schule gebracht hatte. Hätte mich damals jemand gefragt, meine Entschuldigung hätte gelautet, daß dieser Frau etwas Dunkles anhaftete. Um diese Antwort zu untermauern, begab ich mich zu einem Leutnant, der zum Regierungskommissar ernannt worden war. Von ihm erfuhr ich, daß Ricardo Mazo, ihr Mann, Lehrer für spanische Literatur am Beatriz Galindo-Gymnasium gewesen war und als geflohen geführt wurde. Er war 1937 einer der Organisatoren des II. Internationalen Schriftstellerkongresses gegen den Faschismus gewesen, bei dem er sein freimaurerisches Gedankengut zum Ausdruck brachte und sich mit seiner persönlichen Freundschaft zu André Mal-

raux und dem Russen Ilja Ehrenburg brüstete. Außerdem war er Mitglied einer im September 1936 von der roten Regierung nach Plymouth entsandten Kommission gewesen, die eine Änderung der von Großbritannien vertretenen Politik der Nichteinmischung erreichen sollte. Darüber hinaus gibt es kaum Informationen über ihn, außer daß er in der Tat mit Elena verheiratet war und zwei Kinder hatte: die im Jahr zweiundzwanzig geborene Elena und den siebenjährigen Lorenzo. Für beide findet sich kein Hinweis auf eine Taufe. Ich war auf dem zuständigen Pfarramt, dem von Covadonga an der Plaza de Manuel Becerra, doch für keines der Kinder existiert ein Taufschein. Beide waren vor der Erhebung geboren; es gab dafür also keine Entschuldigung, da diese Pfarrei während der drei Kriegsjahre auf wunderbare Weise weder geschlossen noch angegriffen wurde. Es überraschte mich auch, daß sie nie die ältere Schwester erwähnten, die noch als junges Mädchen aus ihrem Leben verschwunden war.

Man könnte vielleicht meinen, daß meine Erinnerungen sich jenseits von furchterfüllten Reminiszenzen abspielen. Doch trotz der Bemühungen meiner Eltern, mich von der Liturgie der Ängste fernzuhalten, erfüllte auch mich der Gedanke mit Schrecken, die Luftblase, in der wir unser tägliches Familienleben verbargen, könnte zerplatzen, das Außen der anderen in unsere Welt eindringen und unsere stumme Zärtlichkeit, unser heimliches Glück zermalmen. Ich erinnere mich, wie wir einmal Mensch-ärgere-dich-nicht spielten. Meine Eltern nutzten die Tatsache, daß wir nur drei Spieler waren, um mir stillschweigend einen Vorteil zu lassen, indem ich als dritter auf dem Spielbrett platziert wurde, so daß meine Figuren keine Verfolger hatten, ich aber ihren Figuren auf den Fersen war. Ich war gerade an der Reihe, als der Aufzug sich in Gang setzte. Es war Abend, die Eingangstür war bereits abgeschlossen, und es waren keine Zeiten für Nachtschwärmer. Scheinbar kümmerte sich niemand um das Ächzen des schleppenden Fahrstuhls, und doch hielt alles mit einer Bedachtsamkeit inne, die sich nur scheinbar gleichgültig gegenüber den zu uns vordringenden Geräuschen gab.

Es war spät, und es war Samstag. Der Aufzug hielt im dritten Stock. Die Ruhe verwandelte sich in absolute Stille, und der Würfelbecher verharrte in der Luft, bis die Klingel ertönte.

Um mich herum setzte ein geplantes Chaos ein. Mein Vater begab sich rasch in seinen Schrank, meine Mutter nahm seine Figuren vom Spielbrett, nur seine, und legte mich, im Pyjama war ich bereits, in eines der Betten im Schlafzimmer.

»Stell dich schlafend, was auch immer geschieht«, sagte sie zu mir.

Dann hängte sie den Rosenkranz wieder über die Scharniere des Schranks, in dem mein Vater versteckt war, und ging, auf jedes verräterische Zeichen achtend, die Tür zu öffnen, gegen die der ungelegene Besuch erbarmungslos hämmerte.

Der Raum blieb im Dunkeln, und als meine Mutter den Besuchern die Tür öffnete, machte sich erneut die Stille breit, als hätte niemand sie verscheucht. Doch in eben diesem Augenblick erinnerte ich mich, daß wir in der Eile nicht die Papiere vom Schreibtisch meines Vaters geräumt hatten. Jetzt kann

ich es erzählen wie den Streich irgendeines fremden Kindes, aber unmöglich ist es mir – denn die Angst läßt sich nicht in Worte fassen –, den unglaublichen Kraftaufwand zu beschreiben, den es mich kostete, die Schlafzimmertür so leise wie möglich zu öffnen, im Dunkeln bis zum Schreibtisch zu schleichen, auf dem die Blätter mit den Übersetzungen meines Vaters lagen, sie lautlos zusammenzuschieben, während ich barsche Stimmen hörte, die meine Mutter am anderen Ende des Korridors beschimpften, schließlich ins Schlafzimmer zurückzukehren und die Papiere in den Schrank zu werfen, in dem mein Vater und sein Schweigen sich versteckten. Bedauert habe ich später einzig, daß ich meinen Freunden nichts von meiner glorreichen Tat erzählen konnte.

Seit dem Sommer des Kriegsendes hatte die Polizei Elenas Wohnung nicht mehr durchsucht, doch eines Abends, als die familiäre Routine die Spitzen der Angst übertünchte, erschienen vier brüllende Männer unter dem Oberbefehl des jüngsten von ihnen, in blauem Hemd und dünnem Mantel, der seine Fragen mit in die Hüften gestemmten Händen stellte und sich über sein strähnig fettiges Haar strich, während er auf eine Antwort wartete. Den anderen drei Polizisten genügte es, sich stahlhart zu geben; der junge dagegen fühlte sich als wahrer Dandy.

Sie stießen Elena vor sich her in die Küche. Zwei gingen den Korridor weiter, während der junge mit einem Pockennarbigen bei ihr blieb. Mit der Pistole auf dem

Marmortisch begann ein chaotisches Verhör, dem Elena nur mit halbem Ohr zuhörte und dessen Fragen sie mit einsilbigen, nicht immer passenden Antworten entgegnete, da alle ihre Sinne den beiden Polizisten folgten, die das Haus durchsuchten.

Auf die Fragen, ob es stimme, daß ihr Mann sich in Madrid verstecke, daß ihr Mann tot sei, daß sie mit einem Priester angebändelt habe, daß ihre Tochter eine Hure in Barcelona sei, ob sie es nicht einmal von richtigen Männern gezeigt bekommen wolle, ob ihr Mann im Krieg Nonnen umgebracht habe, ob sie Mitglied der Nationalen Bewegung sei, auf all das antwortete sie mit ja.

Gleich darauf verneinte sie aber, als man sie fragte, ob sie wisse, daß ihr Mann in Salamanca im Gefängnis sitze, daß er mit einem Flittchen in Südfrankreich lebe, ob sie der Nationalen Bewegung angehöre, ob sie wisse, wer der Vater ihres Sohnes sei, ob sie Kontakte zum britischen Königreich habe oder ob sie gedenke, nach Rußland zu fliehen, um sich dort ihrem Mann anzuschließen, der ein hohes Tier in der roten Armee war.

Das Verhör und seine Antworten, die bei einer anderen Reihenfolge anders gelautet hätten, wurde unterbrochen, als einer der das Haus durchsuchenden Polizisten Lorenzo an den Ohren zur Küchentür hineinzog. Der Junge war barfuß und trippelte auf den Zehenspitzen, als versuche er zu schweben, um den Schmerz erträglicher zu machen.

»Laßt meinen Jungen in Ruhe!« schrie Elena, warf sich vor und schlang die Arme um ihren Sohn.

Von da an entspann sich das Gespräch der vier Polizisten als ein Spielchen aus verächtlich hingeworfenen Obszönitäten und Beleidigungen, während sie die Wohnung durchforsteten und Schränke, Bücher, Geschirr, Lorenzos Spielzeug und alles, was sonst noch an seinem Platz war, durcheinanderwarfen.

Doch so lange sie auch in Elenas Schlafzimmer zugange waren und dabei die zahllosen Varianten der Glückseligkeit aufzählten, zu denen sich die Betten eignen würden, wenn Elena ein richtiges Frauenzimmer wäre, sie entdeckten nicht, daß sich unter dem Rosenkranz die Türangel eines Schranks befand, in dem ein Mann bebte vor Angst, in Schluchzen auszubrechen.

Die Wahrheit ist, Pater, daß ich sie gern beobachtete, wenn sie sich unter Menschen bewegte, wie sie züchtig und anmutig nach Hause ging, mit dem eiligen Schritt der geschäftigen Frau. Zweimal tat ich, als wären wir uns zufällig begegnet, und lud sie ein, sich mit mir auf eine Caféterrasse zu setzen, wo man Malzkaffee und Biskuits servierte. Die Offenbarung meiner Gedanken fand stets ein entsprechendes Echo auf ihrer Gefühlsebene. Alles war sehr harmonisch. Wir waren wie zwei Engel aus unterschiedlichen Chören. In nichts glichen wir uns, und eben darin begründete sich unsere Harmonie. Ich dachte und sie fühlte, ich analysierte und sie litt, wie aufgewühlt die Zeiten waren, die es ihr zu leben galt.

Der Mann überlegt mit dem Kopf und schöpft dann die Kraft seiner Gedanken aus dem Herzen, während die Frau mit dem Herzen denkt und dann ihren Instinkt mit dem Licht der Vernunft erhellt. Inzwischen weiß ich, daß ihre Methoden, die Wahrheit zu vermitteln, so verschieden von den unseren sind wie ihre Art, sie zu ergründen. Ich habe versucht, ihr Rätsel zu enthüllen, sie, mich von ihrer Einfalt zu überzeugen. Wenn dem Manne die strahlenden Durklänge entsprechen, dann kommen dem Weibe die ruhigen, verschleierten Mollklänge zu. Sie fügte sich in die Harmonie des Universums.

All das kam mir in den Sinn, Pater, um ihre ausweichenden Antworten zu rechtfertigen, und so wurde Elena mir immer begehrenswerter. Ich beschloß, mich ihr noch mehr zu nähern, häufigere Begegnungen zu suchen.

»Trink nicht soviel, Ricardo, du bringst dich noch um.«

»Das Trinken soll mich umbringen? Red keinen Unsinn.«

»Wir brauchen unsere ganze Klarheit, um …«

»… um zu leben, als existierten wir nicht. Meinst du das?«

»Nein, um zusammenzubleiben, um so lange wie nötig durchzuhalten. Ich will nicht, daß Lorenzo dich in so einem Zustand sieht. Bitte …«

Mit einer raschen Handbewegung nahm sie die Flasche vom Tisch und ging in die Küche, um sie im Kühlkasten zu verwahren. Die Wohnung lag im Dunkeln, und im schwachen Licht des Korridors zeichneten sich nur die Umrisse der Dinge ab. Obwohl sie die Wohnung wie ihre Westentasche kannte, mußte sie sich bisweilen tastend voranbewegen. Als Elena zurückkam, war das Eßzimmer hell erleuchtet und ihr Mann stand am weit aufgerissenen Fenster. Trotz der Kälte waren fast alle Fenster geöffnet, damit der Geruch nach erhitztem Schmalz und angebratenem Blumenkohl sich nicht an ihre Armut haftete. Es war gegen zehn Uhr abends; Lorenzo schlief schon eine ganze Weile.

Als wollte sie ihn vor einer Stichflamme schützen, stürzte sie sich mit solcher Vehemenz auf Ricardo, daß sie ihn zu Boden riß. So blieben sie liegen, er unter ihrem Körper begraben, bis sie aus fremden Stimmen und fremdem Schweigen erlauscht hatten, daß von dem Vorfall keine Notiz genommen worden war. Nichts durchbrach die Kälte.

Fast ohne sich zu bewegen verdrängten sie mit ihren Körpern behutsam die Luft zwischen sich, schützten sich in einer langen Umarmung gegenseitig vor der Nacht und ihren Blicken. Einer im anderen geborgen sprachen sie von der Angst, von Lorenzo und seiner eingeschworenen Verständigkeit, von der geflohenen Elena, von der Notwendigkeit, nicht der Mutlosigkeit anheim zu fallen.

»Das ist es nicht, Elena, es ist Benommenheit. Nicht, weil wir den Krieg verloren haben, der war vom ersten Tag an verloren, es ist etwas anderes.«

»Was?«

»Daß jemand mich nicht für meine Taten, sondern für meine Gedanken töten will ... und, was noch schlimmer ist, will ich weiterdenken, wie ich denke, müßte ich anderen für ihre Gedanken den Tod wünschen. Ich will nicht, daß unsere Kinder für ihre Gedanken töten oder sterben müssen.«

Er brach in Schluchzen aus, das seine Frau mit den Lippen auffing, mit der Zunge die Augen ihres Mannes suchend, den Mund gegen das Weinen gepreßt.

Dann stand sie auf, schloß das Fenster, schaltete das Licht aus und tastete sich zu Ricardo zurück, der immer noch regungslos zitternd auf dem Boden lag. Sie nahm ihn an der Hand, brachte ihn sanft zum Aufstehen und führte ihn, ohne ihn loszulassen, ins Schlafzimmer, wo sie zärtlich erst sein tränennasses Gesicht mit Küssen und Liebkosungen bedeckte und ihn dann ebenso fürsorglich auszog, wie sie sonst den Jungen anzog. Sie mußte den Pfad der einstigen Liebkosungen neu beschreiten, mit leisem Stöhnen die in den Winkeln der Angst begrabene Leidenschaft hervorlocken. Sie half Ricardos Händen dabei, sich auf die Suche ihrer Geheimnisse zu begeben, und kniete schließlich nieder, um mit den Lippen die Spannung zu wecken, die von all der Traurigkeit begraben war. Als sie Antwort bekam, ergriffen sie, auf dem Boden, um das Quietschen des Bettes zu vermeiden, in einer Vielzahl von Verschlingungen voneinander Besitz, ohne Stöhnen, ohne Aufschrei, damit das Geheimnis des Lebens gewahrt blieb.

Besonders unbegreiflich ist mir unter manchem anderen, daß wir unvermeidlich alle Erinnerungen an den Bürgerkrieg hatten: an die Belagerung von Madrid, an die Bomben- und Granatenangriffe. Und all das doch nie mit einer einzigen Silbe erwähnten.

In der Schule waren Franco, José Antonio Primo de Rivera, die Falange, die Bewegung wie durch Zauberhand aufgetaucht, vom Himmel gefallen, um Ordnung ins Chaos zu bringen, um den Menschen Ruhm und Normalität zurückzugeben. Es gab keine Opfer, sondern Helden, es gab keine Toten, sondern für Gott und Spanien Gefallene, und es hatte keinen Krieg gegeben, weil der Sieg, unerschütterlich in seinem Singular, eher dem Gesetz der Schwerkraft glich als der Lösung eines menschlichen Konfliktes.

In der Bande der diesem Universum angehörenden Freunde zeigte sich nur einer, Javier Ruiz Tapiador, an manchen Nachmittagen in der Uniform der Falangejugend. Er war acht Jahre alt, gab aber schon einen richtigen Mann in Kleinformat ab: Er sprach mit ernster Stimme, seine Haare waren steif vor Pomade, und seine Kleidung zeugte von einem gewissen familiären Wohlstand. Seine Wohnung war warm und anheimelnd, und er hatte, was ihn endgültig zum unbestrittenen Anführer machte, einen älteren Bruder, Carlos, der unsere ganze Bande mit seinen Schauergeschichten in Bann hielt, die er so leidenschaftlich ausschmückte und deren entsetzliche Einzelheiten er so meisterhaft schilderte, daß mich sein unerschöpflicher Einfallsreichtum noch heute in Staunen versetzt.

Im Schein einer Kerze, die ihn gespenstisch umflackerte,

beschrieb er uns bedächtig und mit schauerlichen Wortmalereien die gruseligsten Szenarien, denen er angeblich selbst beigewohnt hatte.

Die Protagonisten waren immer eine Gruppe Kinder unseres Alters, die von einem Heer Leprakranker angefallen wurden, das sich langsam und bedrohlich vorwärts schleppte und es auf unsere Eingeweide abgesehen hatte, um zu überleben. Denn Lepra war keine Infektionskrankheit, sondern eine Seelenkrankheit, und die Gefahr lag nicht darin, daß man sich ansteckte, sondern in der kannibalischen Gefräßigkeit der Befallenen.

Ich habe lange gezögert, bevor ich diesen Brief begann, und jetzt bin ich versucht, ihn nicht zu Ende zu schreiben. Aber ich will die Wahrheit berichten, um sie zu erkennen, denn die Wahrheit zerrinnt mir zwischen den Fingern wie einem Schiffbrüchigen das Regenwasser. Was ich nicht in mir finden kann, Pater, ist Reue, denn niemand hat mich gelehrt, Liebe von Wollust zu unterscheiden, und ich dachte, ich sei im Begriff mich zu verlieben. Ich schrieb der Natur die Opferschlacht zu, die in meiner Seele vonstatten ging, doch das trug sich noch etwas später zu.

Noch viele Jahre hatte ich Angst vor Leprakranken, und was in der Vorstellung anderer Kinder Monster, Menschenfresser, Teufel oder auf Besen reitende Hexen waren, stellten für mich diese blutrünstigen Wesen dar, denen das Fleisch in Fetzen herunterhing und die mich langsam und unaufhaltsam verfolgten, um meine Eingeweide zu verschlingen.

Im Laufe der Monate wurde Ricardo immer schweigsamer. Elena merkte, daß es ihn aufregte, wenn sie ihm erzählte, was draußen vor sich ging, und so hörte sie auf, ihm gegenüber das Leben jenseits ihrer vier Wände zu erwähnen.

Daß die Stadt nach drei Jahren der Belagerung ihre Routine wiedergefunden hatte, daß alle sich verhielten, als hätten sie nie einen Krieg verloren, daß der Zusammenhalt seiner früheren Freunde nicht darin bestand, der Niederlage zu trotzen, sondern einen Strich unter alles zu ziehen und bei Null anzufangen, das alles machte ihn entsetzlich wütend.

Nach und nach schrumpfte er in sich zusammen, hielt den Kopf immer gebeugter. Seine einst so gepflegte Erscheinung verschwand hinter einem unordentlichen, tagelang unrasierten Äußeren, bleierner Lustlosigkeit und undurchdringlicher Verschlossenheit.

Immer seltener kam der geradlinige, entschlossene Mann zutage, der Elena zu einer Zeit erobert hatte, als Worte noch etwas bedeuteten, weil mit ihnen das Denken geformt wurde; immer seltener trat der Denker zum Vorschein, der sich über die Durchführbarkeit eines kollektiven Projektes Gedanken machte, der Intellektuelle, der daran glaubte, daß allein Menschlichkeit zählte.

Statt dessen gewann ein tatenloser Mann in ihm die Oberhand, der nur noch danach strebte, immer durchsichtiger zu werden, einen immer kleineren Platz im

Raum zu besetzen. Selbst wenn er allein zu Hause war, blieb er stundenlang im Schrank eingeschlossen.

Allein Elenas Zärtlichkeit, ihre diskreten Anregungen, er solle doch bitte dieses oder jenes tun, ihr Beharren darauf, er müsse die Milton-Übersetzung beenden, mit der er mitten im Krieg angefangen hatte, oder seine Thesen über Lope de Vegas dichterische Pfuscherei schriftlich festhalten, und zahllose andere Ermunterungen, die den Akademiker, der er einst gewesen war, wieder ans Licht bringen sollten, allein das konnte seine zunehmend von Schatten gezeichneten, zunehmend ums Draußen vergessenen Augen noch zum Glänzen bringen.

Nur wenn Lorenzo zu Hause war, trat erneut der resolute Mann in Erscheinung, der einen kleinen Jungen in seinem Bann zu halten und von seinen Kümmernissen abzulenken wußte.

Ich vermied es, irgend jemanden zu mir nach Hause einzuladen, damit mein Vater sich nicht im Schrank einschließen mußte, aber meine Mutter, ob aus Liebe zu mir oder aus Taktik, organisierte regelmäßige Zusammenkünfte mit meinen Freunden in unserer Wohnung. Mein Vater sperrte sich dann mit einer Karbidlampe und ein paar Büchern in seinem Schrank ein, bis alle gegangen waren. Glücklicherweise brachte es die Pförtnerin, eine unansehnliche, ausfallende Person, und ihren Mann Casto, einen hageren Maurer mit Staublunge, zur Weißglut, wenn sie ein Kind vorbeikommen sahen,

das nicht zu dem von ihnen so eifrig bewachten Haus gehörte. Zwar bedeutete dies eine zusätzliche Angst in unserem Leben, doch unterband es spontane Besuche von seiten meiner Freunde und die damit verbundenen Schrecken der Türklingel.

Ich werde nie vergessen, wie während einer dieser Zusammenkünfte bei uns zu Hause mein Vater von einem Unwohlsein überkommen wurde und sich gezwungen sah, das Bad aufzusuchen. Obwohl die Tür zum Wohnzimmer geschlossen war, sah einer meiner Freunde durch die Scheiben und die Ziergardinen einen Schatten über den Korridor huschen.

Um die Situation zu retten, erfand meine Mutter ein Gespenst, das uns von Zeit zu Zeit heimsuchte. Diese Erklärung ließ natürlich allen Anwesenden das Blut in den Adern gefrieren, aber die Angst war uns so vertraut, wir waren so sehr an infernalische Szenarien gewöhnt, kannten das Unheil und seine schauerlichen Wesen so gut, daß alle sich damit zufriedengaben. Wir würfelten weiter, bis nach einer Weile die Klosettspülung zu hören war, deren Wiederauffüllen in ein pfeifendes Geräusch mündete, das einem heulenden Windstoß glich. Alle waren vor Angst und Schrecken wie gelähmt, doch meine Mutter sagte mit der größten Selbstverständlichkeit: »So macht es dieses Gespenst immer. Es zieht die Spülung, und dann verschwindet es.« Die Freunde waren erleichtert, und wir spielten weiter.

Es liegt eine schwer zu beschreibende Zartheit im Erhabenen, flebile nescio quid, *der Dichter könnte sie benennen, die Gabe schöner Tränen. Ich sah sie aus Elenas Augen quellen,*

Pater, als ich ihr einmal, nachdem sie den Jungen in die Schule gebracht hatte, bis in eine Wohnung in der Calle Torrijos folgte, wo ich, von einer zugegebenermaßen krankhaften Neugierde getrieben, einfach so hereinplatzte. Ich folgte ihr weniger, um sie zu überwachen, als vielmehr um des Vergnügens willen, sie zu betrachten, denn selbst heute noch, da die unbeirrbaren Geschehnisse extinxerunt impetum ignis, *die kraftvolle Flamme gelöscht haben, versetzt die Erinnerung an den Takt ihrer gemessenen Schritte mir einen Stich.*

Sie trat in einen vornehmen Hauseingang, und ich beobachtete, daß der Fahrstuhl im vierten Stock hielt. Wie sich herausstellte, befand sich dort eine Konfektionsschneiderei für Damenunterwäsche, welche im Auftrag unzüchtiger Frauenzimmer angefertigt wurde, die zweifellos den verkommensten Sphären unserer Gesellschaft angehörten. Elena nähte im Akkord für diese Schneiderei, und ich gestehe, ich konnte eine gewisse Wut nicht unterdrücken bei dem Gedanken, daß diese Hände, dazu bestimmt, ihre Kinder, ihre Lieben zu kosen, sich in einer so nichtigen Tätigkeit aufarbeiteten. Ich vermag nicht zu erklären, warum ich inmitten der obszönen Schneiderpuppen, welche die Bewandtnis dieser Kleidungsstücke veranschaulichten, nach ihren Händen griff, mit ihnen über mein Gesicht strich und dabei murmelte, daß Gott sie zu Höherem bestimmt habe. Sie entzog sie mir nicht, Pater, und ich dachte, sie verstünde mich. Wie leblos ließ sie sie auf meiner Haut ruhen, und ich spürte den Zephir ihrer Berührung die Grundfeste meiner Priesterberufung erschüttern, meine Pläne umwandeln, den Grund meines Diakonats verschleiern.

Als ich ihr in die Augen sah, reglos die Schneiderinnen um uns herum, denen meine Soutane zweifellos tiefen Respekt einflößte, weinte Elena leise. Was bereute sie, Pater? Die Geschicklichkeit ihrer Hände einer so unwürdigen Aufgabe zu widmen? Oder, wie ich in diesem Augenblick dachte, war sie bewegt von der Tiefe meiner Zuneigung? Jetzt weiß ich, Pater, daß ihre Tränen aus keinem dieser Gründe flossen, aber – ich Elender! – der Tod eines Mannes war nötig, damit ich es begriff.

Ohne mich zu kümmern, stammelte ich eine tölpelhafte Entschuldigung, um meine Präsenz an diesem Ort zu rechtfertigen, und kehrte zurück in die Schule, zufrieden, hatte ich Elena doch nun auf meine Weise gesagt, daß ich bereit war, sie zu beschützen. Ging sie nicht darauf ein, war sie so töricht wie die Statue, die sich ihrem Podest verweigert.

»Hast du deine Mama sehr lieb?«

Lorenzo nickte. Bruder Salvador tätschelte den Jungen billigend. Wenigstens hundert Vorschüler tollten über den Hof, in einer lärmenden, chaotischen Formation, die nur ihnen einsichtig war. Da der Platz beschränkt war, vermischten sich die Gruppen, aber nicht ihre Spiele, denn jeder wußte, wer mit wem und gegen wen spielte.

»Und dein Papa schreibt euch nicht?«

Ricardo schüttelte den Kopf.

»Warum nicht?«

»Weil er tot ist.«

Bruder Salvador tätschelte dem Jungen erneut den

Kopf, während er etwas über Gottes Willen sagte, von seinen unergründlichen Wegen, von der Standhaftigkeit der Heiligen und anderes mehr, das Lorenzo nicht verstand.

»Und deine Mama hat niemanden, der ihr hilft?«

»Manchmal kommt Eulalia. Aber die ist jetzt im Gefängnis.«

»Und warum ist sie im Gefängnis?«

»Weil sie Brot auf dem Schwarzmarkt verkauft hat.«

Endlich konnte er einmal etwas sagen, das stimmte! Eulalia war eine große, stämmige Frau, deren Gesicht in ihren gut sechzig Lebensjahren von regelmäßigen Falten zerfurcht worden war, die ihre blauen Augen zu glühenden Kohlen und ihr Lächeln kantig wie eine Gemme machten.

Sie verdiente sich ihren Lebensunterhalt als Haushaltshilfe, doch herrschte bei den Familien, für die sie arbeitete, solche Knappheit, daß sie nur wenige Nachmittage beschäftigt war.

Überstieg der Hunger ihr Auskommen, bat sie Elena um ein Brötchen und verkaufte es dann auf dem Lebensmittelmarkt in der Calle Hermosilla.

Elena, die Eulalia von klein auf kannte, da sie bereits im Hause ihrer Eltern angestellt war, gab ihr das Brot und versprach, sie im Frauengefängnis Las Ventas zu besuchen.

Eulalia wiederum, mit ihrem altertümlichen Rock und ihrem weißen Haar, sorgte dafür, daß die Wachtmeister sie nicht übersahen, denn jede Festnahme bedeutete zwei tägliche Mahlzeiten für zehn bis vierzehn Tage, je nachdem, wie unverschämt sie sich dem strengen Polizeikommissar gegenüber benahm.

Donnerstags um sechs postierten Elena und Lorenzo sich dann auf dem Gehsteig gegenüber dem Frauengefängnis, und wehte zwischen den Gitterstäben einer Fensterluke ein Taschentuch, war es das Zeichen, daß Eulalia langsam wieder Kräfte sammelte, um sich nach ihrer Entlassung erneut dem Leben zu stellen.

Gebannt folgte Lorenzos Blick einer Gruppe Fußball spielender Jungen. Bruder Salvador gestattete ihm mit gnädiger Miene, zu seinen Kameraden zu laufen, und sah zu, wie er sich dem Spiel anschloß, dessen Regeln nur den Spielenden ersichtlich waren. Aus irgendeinem Grund hatten die Antworten des Jungen ihn mit solcher Freude erfüllt, daß er es einem zahnlückigen Vorschüler nachsah, einen Kameraden, nachdem dieser ihm den Kreisel weggenommen hatte, angespuckt zu haben wie die Juden den Herrn.

Die Schreie, das tobende Spiel der Kinder, die wärmende Sonne in der kristallinen Luft, die Einfalt einer Antwort, die natürliche Ordnung aller Dinge, die nach einem festen Stundenplan bemessene Zeit, die Herde und ihr Hirte, die Hierarchie machten, daß die Gegenwart sich wieder wie früher anfühlte, als er noch kein Sieger, sondern ein Schmied des Sieges war. Wie ein enterbter Sohn kam Bruder Salvador sich vor, dem jetzt die ganze Erde zugesprochen wurde. »Denn sie sollen satt werden«, dachte er und murmelte, während er geistesabwesend den Schulhof überquerte: »*Saturabuntur!*«

In der Calle de Alcalá 179 wohnte eine unheimliche Gestalt: Silvenín. Er war etwas älter als der Rest der Gruppe, aber der Altersunterschied allein erklärte nicht sein Außenseitertum. Er war von robuster Statur, ging aber immer so gekrümmt, daß es aussah, als bewege er sich nur vorwärts, um das Gleichgewicht zu halten. Selten gesellte er sich zu unserer Bande. Sein Vater war ein unscheinbarer Mann, auf den niemand sein Augenmerk gerichtet hätte, wäre da nicht seine Frau gewesen, die zwar nicht hübsch, aber von so beispielhafter Sanftheit war, daß ich sie noch heute als eine stille Zuflucht vor der Grobheit der Erwachsenen, die unsere Welt beherrschten, in Erinnerung trage. Sie beschränkte sich auf einen kurzen Gruß; ihr Mann war so verschüchtert, daß ihm nicht einmal der über die Lippen kam.

Silvenín hatte die Ernsthaftigkeit seines Vaters und neben dem Lächeln auch die blauen Augen seiner Mutter; er flößte uns Respekt ein. Ich erinnere mich, wie wir einmal alle um die Blöcke vor der Zahnklinik in der Calle Ayala standen und der Pfarrer der Covadonga Kirche vorbeikam, ein schmuddeliges, schorfbedecktes Männchen mit schlaffem, immer feuchtem Mund, aus dem der Speichel spritzte, wenn er bei der Sonntagsmesse donnernd die Sünde anprangerte, und in dessen Mundwinkeln sich weißer Schaum bildete, wenn er seine Gebete lispelte. Wie wir es in der Schule gelernt hatten, stürzten wir alle vor, um ihm die Hand zu küssen, die er, ohne stehenzubleiben, nachlässig unseren beflissenen Respektsbekundungen überließ. Alle, außer Silvenín, der uns, als wir wieder in der Runde standen, fragte: »Glaubt ihr vielleicht, die Pfarrer wischen sich nicht den Hintern ab?«

Die anderen lachten über den Witz, aber ich verspürte plötzlich eine unerklärliche Angst um das bei mir zu Hause gehütete Geheimnis und zugleich eine tiefe Verbundenheit mit diesem Nachbarsjungen. Woher sie rührte, könnte ich nicht sagen, da meine Eltern, soweit ich mich erinnere, nie über Kirche, Klerus und erst recht nicht über Religion sprachen, die, als Schulfach, schlicht etwas zum Auswendiglernen geworden war, wobei sie mir gelegentlich halfen, indem sie mich die Lektionen abfragten. Das bringt mich auf den Gedanken, daß meine Eltern womöglich Angst hatten, mir ihre Ansichten weiterzugeben, und ich Angst hatte, diese Ansichten zu erfahren. Auch das war eine Form stillen Einverständnisses, wie der Schrank, in dem mein Vater lebte, oder das Witwentum meiner Mutter. Alles war wirklich, aber nichts wahr.

Müssen die Blüten, die dem dornigen Strauch des Lebens entspringen, in der Entsagung gepflückt werden, fragte ich mich, oder kann ich mich in den robusten Baum verwandeln, der an Sünde und Reue, Irren und Umkehr, Hochmut und Erniedrigung gewachsen ist? Ich gestehe, Pater, daß ich nach so vielen Jahren der Kälte und Dürre die Knospen einer Blüte in mir keimen spürte, die Frucht zu tragen versprach. Ich dachte daran, meine Berufung zum Hirten zu überhören und Teil der Herde zu werden. Über sechs Monate waren seit meinem ersten Gespräch mit Elena vergangen, und es hatten sich weitere, herbeigeführte oder zufällige Begegnungen ergeben, bei denen ich die Aufrichtigkeit meiner Gefühle und sogar, wie ich bereits berichtete, die Vehemenz meiner wachenden Freundschaft durchscheinen ließ.

Der Verlust ihres Gatten, der zwar zu den Unterworfenen unserer historischen Vernunft gehörte, schließlich und endlich aber Vater ihrer Kinder war, das Ausbleiben jeglicher Nachricht von ihrer Tochter Elena, die der Sturm des Krieges in die Terra incognita des Schweigens fortgerissen hatte, und die alles beherrschende Notwendigkeit, für einen ebenso lebhaften wie traurigen Sprößling zu sorgen, all das und vieles mehr erklärte mir ihr sanftes Ausweichen, ihre mangelnde Bereitschaft, sich über etwas anderes als ihren Sohn zu unterhalten, ihre Eile, unseren Begegnungen ein Ende zu machen, und ihre Scham, über sich selbst zu sprechen. Damals rechtfertigte ich dieses Verhalten, Pater, indem ich es sittsam nannte.

Mehrmals begab ich mich während der Unterrichtszeit zu ihrer Wohnung, um ihr bei der entsprechenden Gelegenheit meine Absichten darzulegen, doch sie war nie zu Hause. Vielleicht hätte diese bei einer Frau so ungewöhnliche Tatsache mir eine Warnung sein sollen, doch meine Verwirrung angesichts der sich plötzlich für meine Zukunft auftuenden Optionen hinderte mich daran, das Sonderbare an diesen Umständen zu erkennen.

Obwohl mein Aufgabenbereich in der Schule rein administrativer Natur war und meine Ausgänge durch die Notwen-

digkeit gerechtfertigt wurden, Spenden für den Unterhalt des Ordens zu sammeln, ermahnte mich Bruder Arcadio, unser Superior, wegen meines zerstreuten Betragens. Er hatte recht. Die Gebete wurden mir unendlich lang, die Gottesdienste riefen in mir nicht mehr die Beklommenheit hervor, die jeder Sünder vor Gottes Angesicht verspüren sollte, und, fürwahr, Pater, von all meinen Studien der Heiligen Schrift, von all meinen Stunden der Andacht war mir nur dieser eine Satz aus dem Hohelied im Gedächtnis geblieben: Deine zwei Brüste sind wie zwei junge Rehzwillinge, die unter den Rosen weiden.

Der Fahrstuhl hielt im dritten Stock. Elena, die in der Küche beim Linsenwaschen war, hielt wie gelähmt inne, als verursache diese Tätigkeit einen tosenden Lärm. Ricardo, dem zu es seiner größten Zufriedenheit gerade gelungen war, einen verzwickten Vers von Keats zu übersetzen, erstarrten die Finger über der Tastatur der Underwood, als hätte ihn jemand bei etwas Verbotenem erwischt. Nur die Wanduhr im Eßzimmer tickte unbeirrt weiter, nachdem es geklingelt hatte.

Wieder die hastige, lautlose Routine. Elena huschte über den Korridor und vergewisserte sich, daß Ricardo sich im Schrank versteckte. Sie rückte den Rosenkranz über dem Scharnier zurecht, ging zum Schreibtisch ihres Mannes und entfernte alle handgeschriebenen Blätter. Dann öffnete sie weit die Balkontür, um den Frühling hereinzulassen, und ging so leise wie möglich zur Wohnungstür. Dort lauschte sie auf irgendein Geräusch, das den Besucher zu erkennen geben könnte, doch da jagte ein erneutes Klingeln ihr einen solchen Schreck ein, daß ihr ein erstickter Schrei entschlüpfte.

Es war Bruder Salvador. Auf der anderen Seite des Türspions lächelte sein rundes Gesicht und suchte sich mit aufeinandergepreßten Lippen und gesenkten Lidern einen beseelt-flehentlichen Gesichtsausdruck zu verleihen. Elena öffnete die Tür, und er schlüpfte hinein, mit einem huldvollen guten Tag, guten Tag ...

Bereits drinnen, fragte er, ob er eintreten dürfe, und erst da schloß Elena die Tür mit den Worten »Kommen Sie herein, Bruder« und führte ihn ins Eßzimmer. Sie bot ihm keinen Platz an, aber er setzte sich trotzdem und bemerkte, wie fürchterlich heiß so eine Soutane doch sei. Sie bot ihm ein Glas Wasser an, doch erneut mit dem beseelten Lächeln auf den Lippen schlug der Gast vor, ob nicht vielleicht lieber ein Gläschen Wein ...

Als Elena mit der Weinflasche und einem Glas aus der Küche zurückkam, hielt der Mönch ein paar Bücher in der Hand, die er von der Anrichte genommen hatte. Nachdem er etwas über Lektüre und Einsamkeit gestammelt hatte, hob er mit einem »Auf Sie, Elena« das Glas, das sie ihm eingeschenkt hatte. Er trank mit kurzen, schnellen Schlucken, setzte mit einem derben Zungenschnalzer ab und atmete genüßlich aus, womit der Valdepeñas gewürdigt werden sollte. Er wollte mit Lorenzo sprechen.

»Ist etwas mit ihm?«

»Nein, nein, ganz im Gegenteil. Er ist ein prachtvoller Junge. Er könnte der Klassenerste sein, aber seine Schüchternheit …«

Und er begann mit einem weitschweifigen Vortrag über die Schule des Lebens, über die Entschlossenheit, der es bedurfte, um der Beste zu sein, ein Primus inter pares, der Beste in den Augen Gottes. »Vielleicht der fehlende Vater …«

Elenas Schweigen rief einen weiteren Wortschwall hervor, und der Geistliche ließ sich über die Opfer aus, die das Unterrichten bedeutete, über die Befriedigung, die es verschaffte, über die Pflicht, die Besten zu erkennen und ihnen die nötige Tatkraft zu vermitteln, damit sie zu Vorkämpfern der hehren Ziele würden.

»Ich könnte mich dafür einsetzen, daß er aufs Priesterseminar kommt.«

Elena mußte unfreiwillig lächeln.

»Aber er ist doch noch ein Kind!«

»Lenken, liebe Elena, unsere Pflicht ist es zu lenken, das wird von uns erwartet. Es verpflichtet ihn zu nichts. Er würde eine ausgezeichnete Ausbildung erhalten, eine Vorbereitung auf die Zukunft, und wenn Lorenzo andere Wünsche hegt, wird ihn niemand zwingen, irgendwann die Messe zu lesen. Sehen Sie mich an, ich war zwölf Jahre im Seminar, aber inzwischen möchte ich gar nicht mehr unbedingt Priester werden …«

»Sie sind kein Priester?«

»Aber nein! Ich bin nur Diakon, im Dienste der

Kirche zwar, aber irgendwann werde ich die richtige Frau finden und eine Familie gründen …«

Vielleicht um den überraschten Ausdruck zu überspielen, den Elenas Gesicht angenommen hatte, fragte er nach der Toilette. Elena wies ihm zuvorkommend den Weg und nutzte die Gelegenheit, um sicherzugehen, daß nichts in der Wohnung auf Ricardos Präsenz hindeutete. Nach und nach hatten sie sich angewöhnt, alle Spuren seiner Anwesenheit zu vertuschen, und angefangen bei den Zigaretten, auf die er verzichtete, um Erklärungen in den Zuteilungsstellen für die Lebensmittelkarten zu vermeiden, über die handgeschriebenen Hefte, die ihr Mann für seine Übersetzungen verwendete, bis hin zu seiner Wäsche, die nie aufgehängt, sondern mit dem Bügeleisen getrocknet wurde, hatte Ricardos Dasein sich praktisch in Luft aufgelöst: Er war da, aber er besetzte keinen Platz im Raum.

Als Bruder Salvador aus dem Badezimmer kam, hielt er Ricardos Rasiermesser in der Hand. Der anmaßend zwischen dem Rasiermesser und Elena hin- und herwandernde Blick des Diakons gestaltete sich zu einem stillen Verhör, in dem die Fragen sich überschlugen und die Antworten stockten.

»Und was ist das hier?«

»Ein Rasiermesser.«

»Das sehe ich. Sie wollen mir doch wohl nicht weismachen, daß Lorenzo sich schon rasiert.«

Elenas Ängste entluden sich in einem hinter vorgehaltenen Händen erstickten Lachanfall, und der Zorn, der sich in ihrem Gesicht spiegelte, ließ sich auch als schamhaftes Erröten interpretieren.

»Ach mein Bruder, was wissen Sie schon von uns Frauen! Haben Sie noch nie gehört, daß wir uns die Beine rasieren, wenn es auf den Sommer zugeht?«

Sie konnte sich selbst nicht erklären, woher sie die Energie nahm, ihm lächelnd zuzuzwinkern.

»Das ist eines unserer kleinen koketten Geheimnisse.«

»Sie rasieren sich die Beine?«

»Aber natürlich! Wie fast alle Frauen«, sagte sie, und wie zum Beweis für ihre Unschuld hob sie ihren Rock bis zum Knie hoch, um ihm zu zeigen, daß ihre Behauptung der Wahrheit entsprach.

Da bewegte Bruder Salvador sich mit dem Rasiermesser in der Hand langsam auf Elena zu, den Blick starr auf ihre unter dem gerafften Rock entblößten Beine gerichtet, beugte sich vor, und als wolle er einen ausgesetzten Welpen aufheben, umfaßte er mit der freien Hand behutsam ihre Wade.

Die Berührung dieser feuchten Hand, die Gestalt des andächtig ihre Wade streichelnden Bruders, die Gänsehaut, die ihr der Ekel verursachte, die Angst davor, loszuschreien, ihre Wehrlosigkeit und ihr Zorn ließen Elena insgeheim ihre Attraktivität verfluchen.

Im Randgebiet meines Universums gab es ein zur Schrotthalde umfunktioniertes Grundstück. Es befand sich neben

dem Kino Argel, und durch die ins Freie hinausführenden Zinktüren konnte man von dort die drinnen gezeigten Filme mithören. Aus irgendeinem Grund ist in meiner Erinnerung diese trostlose Umgebung mit der Entdeckung des Verbotenen verbunden.

Neben dem Eingang zu meinem Haus hatte durchgehend ein Kohlenladen geöffnet, in dem ein riesiger, gutmütiger Asturianer waltete, aus dessen unweigerlich vom Kohlenstaub befleckten Gesicht zwei Reihen strahlend weißer Zähne blinkten. Er hieß Ceferino Lago, und in meiner Erinnerung sehe ich ihn unablässig beladen mit Säcken voll Kohle, Grus und Spänen. Seine Frau Blanca war im Grunde seine Witwe. Sie war immer in Halbtrauer gekleidet, sagte kein Wort, und auf ihre ewig bekümmerte Miene hin drückten die Kunden ihr ihr Beileid aus, obwohl niemandem bekannt war, daß ihre Familie in jüngster Zeit einen Todesfall zu beklagen gehabt hätte.

Die beiden Kohlenhändler hatten zwei Söhne: Luis, einen Jungen, der sich bereits höchst altklug in der Welt auskannte – er war in der Lage, in einer rauchenden Frau eine Hure auszumachen –, und einen zweiten, an dessen Namen ich mich nicht erinnere (Juan?), dessen schier grenzenlose Erzürnbarkeit ich nie vergessen werde. Er hatte dieselben Zähne wie sein Vater, nur waren seine noch größer und lugten selbst bei geschlossenem Mund zwischen den fleischigen, weichen, feuchten Lippen hervor. Dieser Sprößling des Kohlenhändlers also, sieben oder acht Jahre älter als wir, nahm uns immer bereitwillig mit zu dem Grundstück, um bei den Filmen der Kategorie vier, das heißt, den ganz gefährlichen, mitzuhören. Denn es gab da eine von der religiösen Obrigkeit vorgenommene Klassifizierung, die ich nie ganz durchschaut habe: die erlaubten Filme, die selten gezeigt wurden, die Kategorie drei, die Kategorie drei mit Einschränkung und die Kategorie vier.

Keiner von uns hatte eine Ahnung, worauf diese Einteilung gründete, aber es war eine Welt, die keiner Erklärung bedurfte. An den Kassen der Kinos wurden mit den Eintrittskarten kleine Pappkarten verkauft, auf denen heraldische Wappenschilder abgedruckt waren, die wir Embleme nannten und die ein halbes Vermögen kosteten. Ein ausgestanztes Dreieck an der Oberseite war dafür da, sie am Knopfloch zu befestigen, und eine Inschrift auf der Rückseite besagte, daß man mit dem Kauf dieses Emblems einen freiwilligen Beitrag zum nationalen Wiederaufbau leistete. Auch das alles verstanden wir nicht, aber da die gesamte Sprache aus hyperbolischen Formeln bestand – Kreuzzug meinte Krieg, Rote hießen die Teufel, Nationale stand für Sieger –, schien es ganz normal, daß freiwillig tatsächlich obligatorisch bedeutete, denn selbst mit der Eintrittskarte in der Hand ließ der Kontrolleur einen nicht in den Saal, wenn man das Emblem nicht gut sichtbar trug.

Ins Kino hinein gingen wir so gut wie nie, aber im Schlepptau der physischen Autorität des Kohlenhändlersohnes postierten wir uns oft hinter den Zinktüren, durch die das Parkett gelüftet wurde.

Ehrfurchtsvoll lauschten wir den unsinnigen Dialogen und der Musik, von der die Stimmen umspielt wurden, ohne irgend etwas zu verstehen, aber er, der Kohlenhändlersohn, an dessen Namen ich mich nicht erinnere, konnte unvermittelt aufzucken und mit einem fiebrigen Lachen Gesten andeuten, die ich heute als unanständig bezeichnen würde, die mir damals aber einfach nur idiotisch vorkamen.

Durch ihn bekam ich eine erste Idee von Dingen, die ich vor meinen Eltern verheimlichen mußte. Die Geheimnisse verbanden mich mit den anderen Menschen, wie Wurzeln die Bäume mit der Erde verbinden. Ich ergründete nie ganz, worin mein Geheimnis bestand, aber so wie andere Kinder an die heilige Jungfrau oder an Franco glaubten, an den Papst oder das Vaterland, glaubte ich an meine Geheimnisse. Ich fühlte mich immer weiser werden. Nach und nach verstand ich einige der Sätze, die im Abtritt in der Schule an die Wände gekritzelt waren, und es eröffnete sich mir die Bedeutung bestimmter Posen auf den Kinoplakaten; gleichzeitig erwachte aber auch der Gedanke in mir, mein Vater könnte all dies hinter meinem Rücken mit meiner Mutter machen. Daß er sich einen Bart wachsen ließ, den sie ihm an den Tagen schnitt, an denen der Küchenherd geschürt wurde – und nur an diesen –, daß er graue Haare bekam und an ihr eine zähe, düstere Traurigkeit nagte, erschienen mir als Symptome für etwas Unheilvolles, das sich an meinem Zufluchtsort anbahnte. In diesem Wust aus Moralpredigten war der Körper verpönt, und was wir durch ihn verspürten, wurde gebilligt, wenn es Frucht des Schmerzes war; jegliche angenehme Empfindung dagegen war verdammt. Alles Gesunde war mit Opferbereitschaft verbunden, die Befriedigung der Instinkte führte dafür unweigerlich zu Krankheit. Man verbarg etwas vor uns Kindern, die wir nichts mit unseren Körpern anzufangen wußten.

Obwohl ich meist vom Schlaf übermannt wurde, stellte ich mich manchmal auch schlafend, um lauschend festzustellen, ob meine Eltern sündigten, denn, so dachte ich, es mußte ja einen Grund dafür geben, daß sie so tief gefallen waren.

Inzwischen denke ich mit Sehnsucht an ihr Schweigen.

Wie mühselig, Pater, gesiegt zu haben, um sich erneut als Opfer zu sehen! All die Befriedigung, die es mir drei Jahre lang verschafft hatte, zu den Auserwählten zu zählen, denen die Eindämmung der stygischen Wasser oblag, aller Ruhm war nach und nach zum Scheitern verurteilt: Als Scheitern erwies sich der Tausch meiner Soutane gegen die Kriegsuniform, als Scheitern, den Hochmut des Kreuzritters hinter dem Stolz des Pöbels versteckt zu haben, als Scheitern, meine Berufung mit den Unruhen einer nicht einzudämmenden Begierde kaschiert zu haben, als Scheitern schließlich, nicht erkannt zu haben, daß ich statt zu verführen selbst verführt wurde.

Meine Obsession bestand schlicht darin, einen Moment mit Elena allein zu sein. Eines Tages traf ich sie schließlich in ihrer Wohnung an, gab meinem Besuch offizielle Züge und bat sie, ihren Sohn der Obhut der Kirche zu übergeben. Wir unterhielten uns diesbezüglich, und plötzlich, ich weiß nicht wie, fand ich mich auf Knien vor ihr wieder. Aus Gründen, die nichts zur Sache tun, hatte Elena ihre Verschämtheit aufgegeben und sich mir in einer unnahbaren Fleischlichkeit gezeigt, die mit einem Schlag alle meine Überzeugungen zunichte machte. Die an-

rührend melancholische Schönheit des Bösen, Pater, ruft mehr Anbetung als Angst hervor. Und meine Seele begab sich auf einen einsamen Weg, sub nocte per umbram, *erinnern Sie sich, Pater?, verlassen in der Dunkelheit einer mir unbekannten Nacht. Denn ich fühlte mich von Elena angezogen und abgestoßen zugleich. Ich wurde wahnsinnig und bin nicht sicher, ob ich wieder ganz zu Verstand gekommen bin.*

Elena, wir müssen fliehen. Ja, wir werden fortgehen. Wir können den Jungen bei deinem Onkel in Méntrida lassen. Wenn wir fliehen, dann zu dritt. Aber wir müssen jetzt sofort verschwinden. Ja. Wir können so nicht weiterleben. Nein, das können wir nicht. Wir haben ein paar Ersparnisse. Mein Onkel und meine Tante leihen mir bestimmt etwas. Nein, bitte sie um nichts, sonst versuchen sie herauszufinden, was es damit auf sich hat. Gut, ich werde sie nicht bitten. Wie werden wir vorgehen? Kurze Busfahrten. Nie mehr als fünfzig Kilometer. Die Busse werden weniger kontrolliert als die Züge. So werden wir eine Ewigkeit brauchen. Wir werden so lange brauchen, wie es nötig ist. Das Entscheidende ist, zu verschwinden. Wir alle drei. Wir alle drei, mein Liebling. Mein Liebling. Wir müssen bis nach Almería kommen; dort gibt es Fischerboote, die Flüchtlinge für dreihundert Peseten nach Marokko übersetzen. Und woher sollen wir das Geld nehmen? Ich werde alles verkaufen, was ich kann. Auch den Fisch aus Muranoglas, den dir dein Vater hinterlassen hat? Auch den. Wir können nichts mitnehmen.

Nichts. Du hast immer gesagt, er wäre unser Talisman. Unser Talisman ist tot. Elena, mein Liebling. Liebster.

Am nächsten Tag überreichte Lorenzo Bruder Arcadio einen Brief, in dem ihm mitgeteilt wurde, daß der Junge wegen einer Mandeloperation dem Unterricht fernbleiben müsse. Ein entzündlicher Prozeß mache eine Behandlung vor dem Eingriff ratsam, und seine Abwesenheit könne bis zu zwei Wochen dauern. Der Brief fiel Bruder Salvador in die Hände, der den Jungen fragte, warum seine Mutter ihn nicht mehr in die Schule brachte.

»Meine Mutter hat auch eine Angina. Vielleicht stirbt sie.«

So wie ich nie fragte, warum mein Vater in einem Schrank lebte, da dies zu den Dingen auf der anderen Seite des Spiegels gehörte, fragte ich auch nie, warum meine Mutter mich irgendwann nicht mehr zur Schule brachte. Erst verabschiedete sie sich zwei Straßen vorher von mir, und ich ging das letzte Stück allein. Dann begleitete sie mich die Calle de Alcalá nur noch bis Ecke Goya, und schließlich verließ sie nicht einmal mehr das Haus, wenn ich zur Schule aufbrach.

Sie bat die Fahrkartenverkäuferinnen in der Metro, mir zu erlauben, die einzige gefährliche Kreuzung auf der Strecke unterirdisch zu passieren, denn es herrschte damals zwar nicht viel Verkehr, dort trafen aber mehrere Straßen aufeinander, in denen, wahrscheinlich weil sie so breit waren, relativ schnell gefahren wurde. Ich entdeckte, daß die Metro nach alten Kleidern roch, Atemtemperatur hatte und beleuchtet war wie Sterberäume.

War ich rechtzeitig losgegangen, stieg ich manchmal bis zu den Gleisen hinunter und wartete, bis eine Bahn einfuhr. Die Tunnel waren der Ort, an dem sich die Leprakranken versteckten, und das Quietschen der Räder stellte ich mir als ihre Schmerzensschreie vor, wenn sie überfahren wurden. Die schwarzen Schlünde der Tunnelbogen flößten mir zugleich Faszination und Grauen ein, denn meine Welt befand sich an einem Scheideweg, den alle Übel kreuzen konnten. Heute weiß ich, daß ich Angst hatte.

Mein Vater verließ seinen Schrank immer seltener. Selbst wenn wir allein zu Hause waren, schloß er sich in ihm ein. Ich hatte nichts dagegen, denn wenn ich von der Schule nach Hause kam, kauerte ich mich zu ihm und seinem Schweigen. Stundenlang blieben wir so nebeneinander sitzen, bis meine Mutter den Frieden unterbrach, um mir ein Stück Brot mit bröckeliger Schokolade zu bringen.

Die Zeit verging, und mein Vater blieb immer länger in seinem Schrank. Irgendwann aßen meine Mutter und ich alleine am Küchentisch und er in seinem Versteck. Er kaute jeden Bissen mit einer verzweifelten Bedachtsamkeit, als wolle er noch das Geräusch vermeiden, das beim Abbeißen entsteht. Ich fühlte mich schuldig, da der Schrank langsam den Geruch der Metro annahm und mir war, als müsse dies über kurz oder lang auch die Leprakranken herbeilocken.

Dennoch verschaffte mir mein selbständiger Schulweg immer wieder aufregende und verwegene Momente. Ich konnte vor jedem beliebigen Schaufenster stehenbleiben oder einen Kleineren verächtlich mustern. Morgens, auf dem Hinweg, stieg ich zu den Gleisen hinunter; mittags, auf dem Rückweg, blieb ich stehen, um einer buckligen Alten zuzusehen, die so selbstversunken Strümpfe stopfte, daß ich, wäre da nicht die unermüdliche Bewegung ihrer Hand gewesen, geschworen hätte, sie sei aus Holz, wie die Heiligen auf dem Kirchenaltar. Wenn ich nach dem Mittagessen wieder in die Schule ging, stieg ich erneut in die Metrohölle hinunter, und nachmittags, auf dem Rückweg nach Hause, schlug ich immer einen anderen Weg ein, der aber unweigerlich an einem Platz vorbeiführte, den alle die Plaza de Toros Vieja nannten. Und dort fiel mir eines Tages auf, daß Bruder Salvador mir in Zivilkleidung folgte.

Getroffen, Pater, in der offenen Wunde meines Stolzes und zugleich beschämt ob der Obsessionen, die meine priesterliche Berufung in Frage stellten, bat ich in der Schule um Erlaubnis, mich eine Zeitlang aus Schule und Konvent entfernen zu dürfen. Mit der Unterstützung, die meine Familie mir zukommen ließ, quartierte ich mich in einer Pension ein, die eine fromme Alte aus der Gemeinde Santa Gema führte. Und nach und nach fühlte ich mich dort als ein Beraubter. Mein Glaube, meine Berufung, mein Sieg, meine Männlichkeit waren mir von einer Frau entrissen worden, die mir verweigerte, worum ich sie gar nicht erst hatte bitten können. Und sie verweigerte es mir aus den Tiefen ihres Scheiterns, ihrer Ruchlosigkeit, ihrer Besiegtheit und, jetzt erkenne ich es, ihrer Schönheit. Wie konnte eine Frau, die von so viel Scheitern zugrunde gerichtet war, so abweisend gegen all meine Zuwendungen sein? Ich brauchte eine Antwort.

Nach und nach verschwanden die Möbel aus der Wohnung. Ein Trödler lud den Garderobenständer aus Kastanienholz ein, eine freundliche, vertrauenswürdige Nachbarin, die im Dachgeschoß lebte, kaufte die Nähmaschine, ein Altkleiderhändler bezahlte einen Pappenstiel für die Leintücher und eine Häkeldecke aus der Aussteuer der Großmutter, die außer bei deren Hochzeitsnacht, der von Elenas Mutter und Elenas eigener nie benutzt worden waren. Ein Geruch aus Leidenschaft und Mottenpulver hing noch daran. Das Pendant dieser Decke hatte sie ihrer Tochter geschenkt, als diese mit ihrem Dichterjüngling weglief, kurz bevor der Krieg aus war. Den Eßzimmertisch wollte niemand haben, weil er zu groß war; die Schreibmaschine hatte dafür ein Buchhalter aus der spanisch-deutschen Firma genommen, für die sie die Übersetzungen machte.

Die Gefahr, Ricardo könnte krank werden, machte die Flucht immer dringlicher. Alle seine Freunde waren tot oder ins Exil gegangen, so daß sie sich an niemanden würden wenden können, sollte die Niedergeschlagenheit ihres Mannes in etwas Ernsteres ausarten.

Fast hatten sie das Geld für die Reise zusammen, doch die Trostlosigkeit der Wohnung drängte Ricardo immer länger in den Schrank, bis er nicht einmal mehr zum Schlafen herauskam. Der Junge, der nicht mehr in die Schule ging, verbrachte die Zeit bei seinem Vater, las ihm Passagen aus Lewis Carroll vor, um ihm ein Lächeln zu entlocken, und verstummte jedes Mal, wenn der Fahrstuhl im dritten Stock hielt. Und es kam ein Tag aus Schweigen und Leere, an dem jemand bei ihnen klingelte, auf eine Antwort wartete und, als sie ausblieb, mehrmals mit einem anhaltenden Klingeln insistierte, bei dem alle Herzschläge aussetzten. Das Trommeln gegen die Tür und die im Treppenhaus hallenden Rufe setzten den Mechanismus der ausweglosen Flucht in Gang: Ricardo schloß sich in seinem Schrank ein, Lorenzo verschwand in der Küche, und Elena strich sich die Haare zurecht, bevor sie den Riegel zurückschob. Bruder Salvador, in Zivilkleidung, verwahrlost und wirr, erstarrte beim Anblick der von dem polternden Besuch überraschten Elena.

»Ich wollte nach Lorenzo sehen. Wie geht es ihm?«

Inzwischen bedaure ich es, meinen Eltern nicht gesagt zu haben, daß Bruder Salvador mir nachspionierte, denn als er schließlich unangekündigt bei uns zu Hause auftauchte, waren sie nicht vorbereitet. Mit lauten Rufen hämmerte er gegen die Tür. Meiner Mutter blieb nichts anderes übrig, als ihn hereinzulassen. Ich weiß noch, daß sich in der Wohnung fast keine Möbel mehr befanden, da immer wieder fremde Leute kamen und welche mitnahmen, was ich nicht zu ergründen wagte, jedoch ihrer und nicht unserer Armut zuschrieb.

Er stürmte herein, rief nach mir und hörte erst mit seinem Geschrei auf, als er mich in der Küche fand, wo ich so tat, als sei ich in *Alice im Wunderland* vertieft. Er fragte mich, wie es mir ging, riß mir das Buch aus den Händen, gab es mir sofort zurück, und ohne mich zu Wort kommen zu lassen, hieß er mich, ihn einen Moment mit meiner Mutter alleine zu lassen.

Jahrelang hat mich die Reue gequält, diesem Besessenen die Leprakranken an den Hals gewünscht zu haben, weil er sich an meiner Mutter vergriffen hatte, denn als ich auf ihre Schreie erschrocken in die Küche rannte, sah ich, wie mein Vater sich unbeholfen und machtlos auf Bruder Salvador stürzte, der über ihr hockte, während sie ihr Gesicht mit den Händen bedeckte, um sich vor dem Atem dieses Schweins zu schützen, das seinen Rüssel in ihren Ausschnitt grub. Mein Vater hatte den Schrank verlassen.

Sine sanguinis effussione, non fit remissio, *es ist wahr, ohne Blutvergießen gibt es keine Vergebung. Jetzt erschließt sich mir die ganze Bedeutung dieses Briefes an die Hebräer. Gott hatte mich zum Werkzeug seiner Gerechtigkeit gemacht. Deshalb befand ich mich in den Reihen derer, die Königreiche niederzwangen, Löwen den Rachen stopften,* obturaverunt ora leonum, *der Schärfe des Schwertes entrannen,* effugerunt aciem gladii. *Saulus, Saulus! Wie Gideon, wie Barak, wie Jephtah und wie Samson selbst schwang ich mit meiner Hand die Waffe, um diejenigen zu bestrafen, die, taub für den Willen Gottes,* se patriam inquirere, *immer noch ein Vaterland suchen.*

Von einer Kraft hingerissen, in der ich mich noch heute nicht wiedererkenne, Pater, stürmte ich gegen die Feste des Tempels an, den dieses Weib mir verwehrte. Und ein Funke meines Zorns genügte, um den Urheber des Bösen aus seinem Versteck zu locken, den verderbten Anstifter dieses Lügengeflechts. Elenas Gatte war in der Wohnung versteckt.

Mit einem unverständlichen Schrei warf Ricardo sich auf Bruder Salvador, der verdutzt mit ihm auf dem Rücken zum Stehen kam. Nachdem es ihm gelungen war, diese sich würgend an seinen Hals klammernde Erscheinung abzuschütteln, genügte ihm ein Schlag mit der flachen Hand, um den Angreifer zu Boden zu werfen. Einige Sekunden lang war seine Verblüffung größer als seine Wut, bis der Geistliche in Zivil sich Lorenzo, der regungslos im Türrahmen stand, zuwandte und ihn fragte:

»Wer ist das?«

»Das ist mein Vater, du Dreckschwein«, antwortete der Junge und lief zu Elena, die in ein verzweifeltes Schluchzen ausgebrochen war und über den Küchenboden kroch, um ihrem Mann beizustehen.

Da begann Bruder Salvador laut nach der Polizei zu rufen, während er mit ausgebreiteten Armen den Korridor zurückwich, als wollte er einem ganzen Heer von Dämonen den Fluchtweg abschneiden.

Mein Vater wirkte wie eine Bohnenstange, verglichen mit dem dicklichen Bruder Salvador. Meine Mutter kniete sich

neben den der Länge nach ausgestreckten Körper meines Vaters, und als ich herbeitrat, nahm sie mich in ihr Häuflein Elend auf und drückte mich an sich, wie um uns allen Blicken zu entziehen. Als mein Vater wieder so weit zu Kräften kam, um uns seinerseits zu umarmen, brachen wir alle drei in ein Weinen aus, an das ich mich erinnere, als hätte es mehrere Jahre gedauert. Aber nicht für uns alle gab es noch Jahre. Der Schrank, das Versteck, die Lügen und alles Schweigen waren an ihr Ende gelangt.

Nur mit großer Mühe gelang es Ricardo, sich aufzurichten, die Schwäche, der Schmerz und das Gewicht seiner Frau und seines Kindes erschwerten es ihm. Doch als er feststellte, daß er normal gehen konnte, folgte er den durch den Korridor tönenden Schreien des Diakons, der alle Fenster aufgerissen hatte und laut rief, jemand solle die Polizei verständigen.

Nach und nach erschienen Gesichter hinter den Scheiben der Fenster im Hof, aber keines öffnete sich.

Ich fühlte Gottes Stärke in meinen Armen und den Zorn meines Vaterlands in der Kehle, aber mein Ziel war Gerechtigkeit, nicht Rache. Der Dämon wollte meinen Stolz in Reue verwandeln und suchte einen Weg, mich zu erniedrigen.

Ich weiß nicht, woran ich mich wirklich erinnere, denn sehe ich auch meinen Vater auf einer Fensterbank im Korridor hocken, höre ich auch, wie er sich ruhig und zärtlich von uns verab-

schiedet, behauptet meine Mutter doch, er sei ohne ein Wort in die Tiefe gesprungen.

Er wählte den Freitod, Pater, um mein Gewissen mit der ewigen Verdammnis seiner Seele zu belasten, um mir den Ruhm streitig zu machen, Gerechtigkeit geübt zu haben.

Ricardo zögerte einen Moment, bevor er sich in jenen Hinterhof stürzte, vor dem er sich so lange geschützt hatte. Er nahm sich Zeit, bereits besiegt vom Sog der Tiefe, um Elena und seinen Sohn noch einmal so anzusehen, wie traurige Abschiede es erfordern.

Wahrscheinlich hat sie recht, denn nie habe ich den Blick meines in die Tiefe stürzenden Vaters vergessen. Aber das ist eigentlich unmöglich, denn ich war damals noch nicht groß genug, um mich aus diesem Fenster zu beugen.

Hier endet meine Beichte, Pater. Ich werde nicht ins Kloster zurückkehren, doch auch ohne priesterliche Weihen werde ich mich bemühen, ein christliches Leben zu führen. Sprechen Sie mich von meinen Sünden los, wenn die Gnade des Herrn es Ihnen erlaubt. Ich werde einer mehr in der Herde sein, denn künftig werde ich wie einer unter vielen zwischen den blinden Sonnenblumen leben.

INHALT

Die Übersetzung wurde mit Mitteln der
Dirección General del Libro, Archivos y Bibliotecas
del Ministerio de Cultura de España gefördert

Die Originalausgabe erschien unter dem Titel
Los girasoles ciegos bei Anagrama, Barcelona 2004
Umschlaggestaltung: Michel Keller, München,
unter Verwendung eines Fotos von Jürgen Richter
Typografie + Satz: Frese, München
Druck + Bindung: Clausen + Bosse
ISBN 3-88897-403-8